抒情の宿命・詩の行方

朔太郎・賢治・中也

山田兼士
Yamada Kenji

思潮社

抒情の宿命・詩の行方——朔太郎・賢治・中也

山田兼士

思潮社

目次

はじめに

昭和十一年八月二十一日。五十路を間近にひかえた萩原朔太郎は、病気の従兄栄次を見舞うため大阪八尾の萩原家を訪れた。父密蔵が生まれ育った家でもある。その父も六年前に他界した。

このとき彼は、すでに七冊の詩集をもつ堂々たる詩壇の人物。二年前に出した詩集『氷島』は、自他ともに一番弟子と認める三好達治から手厳しい批評を受けたが、一方では保田與重郎など新しい理解者をもたらした。前年には初の小説「猫町」を、この春には念願の『定本青猫』も出した。若い詩人たちに敬われ大手雑誌「文學界」の「詩壇時評」担当者でもある。

重篤の従兄を見舞う旅はまた、自らの青春回顧の旅でもあっただろう。少年期から青年期にかけて心の支えであり文学上の師でもあった従兄との再会である。六年もの浪人生活の終り頃、ドストエフスキーを教えてくれたのもこの人だった。詩作の苦悩を訴えたのも、成功の予感を告げたのも、処女詩集の献辞を捧げたのもこの従兄に対してだった。四半世紀を越える時間の旅であったとしても不思議ではない。この長い年月は、詩人としての抒情探求の旅でもあった。

このとき小学生だった、栄次の長男、萩原隆は、さらに半世紀以上後になって、著書『朔太郎の背中』（深夜叢書社、二〇〇二年）に、詩人のマンドリン演奏のことや、親族皆でくり出した温泉旅行のことなどを書いている。「たいそう情感を籠めた」演奏のことや周りの人たちに色紙をしたためたりしたエピソードは、抒情詩人の面目躍如といったところだ。同年、彼は「文學界賞」を受け「詩歌懇話会」役員となり「日本浪曼派」同人となる。抒情の終着駅が近づきつつあった。

*

翌昭和十二年一月号の「文學界」は、萩原朔太郎による「現代詩壇総覧」を掲載する。その巻頭に萩原はこう記している。

久しい間、詩壇には北極の長夜が続いた。希望もなく目標もなく、人々は闇黒の中を手探りながら、放浪者のやうにさまよひ歩いた。かくの如くして、詩は遂に亡びるのではないかという懐疑さへが、だれの胸にも微かに起つた。それほど絶望的になり、ニヒリスチックになつてゐた。それがこの一昨年以来、急にどこからともなく、一脈の光がさしこんで来て、空が仄かにあかるくなつて来た。そもそもこの明りの本体は何だらうか。人を欺むく極地の幻燈、長夜の空に映光するオーロラの明りだらうか。それとも本当の太陽が登つてくる前兆の黎明だらうか。

抒情詩人の絶望の嘆きから一転して「一脈の光」が記され、次いで、その光は「水々しい青春の悦びに声を合せて」歌う若い詩人たちの「リリシズムへの烈しい欲情」によるものである、と、抒情詩の復活宣言が高らかに謳われていく。ここで彼が念頭に置いていたのが四季派の詩人たち（「四季」創刊は昭和九年）と伊東静雄であることは文脈から見てまちがいない。抒情の復活を手放しで慶ぶ内容もだが、この高らかな調子、主情的かつ扇動的な声調に一層の危うさを感じるのは、後世の我々だけとは言い切れないだろう。
萩原はさらに、「昭和十一年の詩壇は、正にかうした「夜明け前」の状態にあつた」と述べ、それ以前を「闇黒」の夜と決め付ける。詩を圧殺する「民衆派の自由詩」の支配を「ポエヂイそのものの本質」を葬るものと呼び、「この長い夜の歴史は、正しく詩壇に取つて地獄の季節であつたのだ」とまで極言する。さらに続けて、

だが生命は死ななかつた。かかる闇黒の地下に埋れながらも、尚真の詩精神は生きながらへ、やがて来るべき春を待つて、冬眠の呼吸を続けて居た。そして遂に季節が来た時、彼等は地下に太陽のぬくみを感じ、漸く目覚めて這ひ出して来た。今この若く新しい生命は、過去に失つたすべての詩精神を取り返して、力の限りにリリックを歌はうとして居るのである。

とまで述べる萩原のこの狂喜ぶりを一体我々はどう解釈すればいいのだろう。萩原にとって四季派や伊東静雄の登場は、それほどまでに詩の未来を明るくするものだったのだろうか。
このような詠嘆調を鋭く批判し、抒情詩の危うさをいち早く指摘したのは小野十三郎だった。小野は、萩原の「現代詩壇総覧」と同じ「文學界」の同年十一月号に「萩原朔太郎論」を掲載し、そこで次のように萩原（と、抒情詩全般）を批判する。

形式を内容から分離し、詩的情緒を、その形式の上に於てのみ追求してゆくところに、今日の一般

リリシズム擁護論者の特徴がある。萩原朔太郎もこの例に漏れない。

すでに前著『小野十三郎論——詩と詩論の対話』(砂子屋書房、二〇〇四年)で論じたことの繰り返しになるのでごく簡単に結論のみを記すが、ここで小野が「内容」というのは思想および倫理を指している。続けて「萩原氏もまた、抒情詩と云ふものを、内容を離れたリリシズムの一線からのみ考へてゐられる」と書いているように、形式＝抒情と内容＝思想の乖離が萩原詩学の致命的な欠陥である、と小野は考えていた。萩原は「情緒の純粋さ」を万人共通と考え音韻の普遍性を信じるあまり詩における「音楽性」をひたすら純粋なものと錯誤している、というのが小野による萩原批判の骨子である。

小野によれば、詩の「音楽性」(形式)とは「真実の意味に於けるその詩人の社会的現実に対する認識の有無、或はその認識の相違が反映」するものであり、そのため時代や環境や個人の相違によって相対化されざるをえない。「リズムとは批評である」という、後の小野「詩論」の命題を先取りするこの主張は、今日なお重要な示唆を含んでいる。萩原の抒情至上主義に抗して、時代、環境、社会をも包含する思想としての抒情を主張する小野は、「萩原朔太郎論」の結末近くで次のように激烈な痛罵を記すことになる。

今日、一篇の抒情詩の持つ韻律が、萩原氏には、底に深淵な意味の哲学を内包してゐる、神韻漂渺たる音楽を与へ、私たちには、社会的現実に対する詩人の無智を表徴する、阿呆の寝言としか響かないと云ふ位のことは敢て不思議とするには足りぬだろう。詩人の思想的無智は、私たちにとつては、美の一大減殺だが、或種の人々には、そのことが却つて、美をあらゆる夾雑物から清掃すると云ふ口実にならぬとも限らぬ。

萩原詩学の要と言うべき「抒情詩の持つ韻律」を「阿呆の寝言」とまで言い切った小野が、その後、自らの「詩」をどのような領土に建てようとしたのか、また、その企てがどのような経緯を辿って「戦後詩」に到ったのかは、すでに前著で論じたのでここでは繰り返さない。本書で明らかにしたいのは、昭和十年前後という、既に未曾有の激動にみまわれつつあった——滅亡の危機に瀕していた——「抒情」が、当時の優れた詩人たちによってどのように表出されたのか、されざるをえなかったのか、という「宿命」の構図である。伊東静雄は措くとして（長野隆『抒情の方法——朔太郎・静雄・中也』中の秀逸な伊東論にゆずるとして）、本書で論じる萩原朔太郎、宮沢賢治、中原中也は、まさにこの危機的な状況にあって、「抒情の宿命」を最期まで生き切った——もしくは最後のとどめを刺した——稀有な詩人たちである。この三人の晩年を、それぞれ同世代の高村光太郎、三好達治、伊東静雄が戦中から戦後にかけて辿った道と比較してみれば、前の三詩人がいずれも戦前ないし戦中に世を去っている——それゆえ無傷のまま「戦後詩」に引き継がれることになった——ことの意味は小さくない。彼らは優れた作品しか残さなかったのだ。

五十五歳まで生きた萩原朔太郎は別として、宮沢賢治と中原中也にはそれらしい「晩年」はなかったように思われがちだ。だが、無名の地方詩人として夭折した宮沢賢治にも、帰郷を前に非業の死を余儀なくされた「青春の詩人」中原中也にも、実は相応の「晩年」が確かにあった。

宮沢賢治が遺した百篇以上の童話作品のうち、特に代表作と見られる「少年小説」四作品は、二十代前半に書き起こされたものの、その後十余年の間に執拗な加筆訂正を経て、死の寸前まで推敲の手が加えられ続けた。その推敲による自己変革の中にこそ、宮沢賢治「晩年」の思想が見られるのだし、「セロ弾きのゴーシュ」にいたっては「晩年」の思想——ひとことで言うなら抒情の終焉という思想——そのものの発現と呼んで差し支えない。

中原中也の場合、その「晩年」はいっそう微妙だ。三十歳で「さらば東京！　おゝわが青春！」（『在りし日の歌』「後記」）と書いて帰郷を表明した青年詩人に「晩年」の詩境はなかったように思われがちである。だが、中也にもやはり自らの死を前提とした「晩年」の詩学はあったのであり、その詩境はおもに『在りし日の歌』後半部に集中してあらわれている。本書で扱う中也作品は、いずれも死という憂愁の影を帯びた詩篇であり、そこに「青春」から遠く離れた「晩年」の詩想を探求することが本書の主題のひとつとなっている。

抒情の復活を願いながら終焉を演じるしかなかった萩原朔太郎。抒情の行方を自己変革に重ねた宮沢賢治。青春の終焉に抒情の終焉を重ねざるを得なかった中原中也。いずれも、自らの「晩年」を詩の——あるいは抒情そのものの——「宿命」として生きるしかなかった詩人である。昭和初期における抒情の危機に自らの「晩年」を重ねることによって。

＊

本論に先立って、本書であつかう三詩人の「晩年」をごく簡潔に辿っておこう。

昭和八年九月二十一日、宮沢賢治没（満三十七歳）。死の直前まで推敲を重ねた多くの未発表作品が翌昭和九年に刊行され始める（『宮沢賢治全集』文圃堂、全三巻、昭和九年—十年）。同年、四十七歳の萩原朔太郎は詩集『氷島』を刊行（第一書房）。さらに同年、二十七歳の中原中也は処女詩集『山羊の歌』を刊行（ついでにいえば、文語自由詩からなる『氷島』と口語定型詩への傾斜を見せる『山羊の歌』との対照は、口語自由詩の行方を暗示しているようでおもしろい）。版元は『宮沢賢治全集』と同じ文圃堂である。

その中原中也が昭和十二年に三十歳で亡くなった翌十三年、盟友小林秀雄によって詩集『在りし日の歌』（創元社）が刊行される。続く昭和十四年は第二次『宮沢賢治全集』（十字屋、全六巻別巻一）の刊行が始まった年だ（昭和十九年二月完結）。同年、萩原朔太郎は七三篇の散文詩と六八篇の抒情詩から成るリミックス詩集『宿命』を、『在りし日の歌』と同じ創元社から出している。萩原が満五十五歳で世を去った昭和十七年は、すでに戦時色一色で「抒情」も「詩」ももはや息も絶え絶えの——あるいはすでに死に絶えた——状態にあった。宮沢賢治「風の又三郎」の映画化（島耕二監督）というトピックもあるにはあったが、「感情」ばかりが蔓延して、少なくとも表立って「抒情」が成立する場は、もはやどこにも存在していなかった。

本書では、明治以来の「近代」を支えてきた「抒情」が最後の光芒を放った昭和十年前後の数年間に、それぞれ十歳ほど年齢の離れた三人の詩人が、同時代人として生き切った「抒情の宿命」を、それぞれの「詩の行方」に注目して考察していきたいと思う。

Ⅰ　萩原朔太郎・詩の晩年

――「猫町」以後

1 詩の逆説あるいは小説の夢

I

昭和十四年に刊行された萩原朔太郎の詩集『宿命』は、前半が「散文詩」七三篇、後半が「抒情詩」六八篇から成り、六篇の散文詩以外はいずれも過去の作品を再録したものではあるが、独自の構成と配列によって、萩原朔太郎最後の——ということは〈近代詩〉最後の——詩集にふさわしい総合的な書物になっている。詩集『宿命』の重要さについては、早くから菅谷規矩雄の指摘(『無言の現在』イザラ書房、一九七〇年、および「《宿命》——『散文詩』の悲劇」(『国文学・解釈と鑑賞』一九八二年五月号))があり、私自身、かつて共著のかたちではあるが一冊の書物に記したことがある(「萩原朔太郎・詩の〈宿命〉」、『萩原朔太郎の世界』長野隆編、砂子屋書房、一九八八年所収)ので繰り返さないが、今日なお(全集においてさえ)まとまった形で出版されていないのは残念と言うしかない。

詩集『宿命』を構成する計一四一篇は、『月に吠える』を除く朔太郎の詩的生涯の殆ど全ての記録とさえ言える。その物語的構造は、一方では詩人の当為としての思想性と結びつくことによって、他方では詩そのものの規範性と結びつくことによって、抒情の始源と終焉を一冊の書物にたたみこもうとする意志の所在を示しているのだ。いわば、詩が散文と切り結ぶところに成立する〈散文詩〉という名の虚構。そしてまた、すでに過去のものとなった自己表出を物語的な水準に置き直して再構成することを余儀なくされた詩人の、終焉への意志を表白する〈抒情詩〉という名の幻想。この二つのベクトルを統合しようとする詩的情念は、必然的にもう一つの表現様式へのベクトルを生むことになる。即ち、〈小説《ロマン》〉への夢、である。

　抒情を叙事へと架橋する方法の確立――たとえばユゴーの『諸世紀の伝説』やボードレールの『パリの憂愁』の場合のように――は、萩原朔太郎にとって、詩人としての宿命であると同時に詩そのものの宿命でもあった。そしてこの架橋を実現するためには、自らの〈生〉における「過失」と「悔恨」を思想化する作業が第一要件と考えられていた。前作『氷島』（昭和九年）の詩群に思想を求めるとするなら、「過失」と「悔恨」を詠嘆することがそのまま一つの生活思想となることを知悉した上で、あえて詩の抒情を〈生〉の側に遍在すべき真理として打ち立てた点にある。つまり、朔太郎は、抒情＝詩の裏側に実在する生活＝思想をそのまま「詩の逆説」としての小説（『詩の原理』）の裡に屹立せしめることを――というよりむしろこの逆説を自ら生きることを――企てた。

　この企ては、無論、当初から意図されていたわけではない。むしろ朔太郎は、可能な限りぎりぎりのところまでこのような逆説を生きることを拒否していたように思われる。例の朔太郎的二元論が、詩と小説という両極を融合せしめることを潔しとしなかったからだ。『詩の原理』（昭和三年）はいうまでもなく、『純正詩論』（昭和十年）においてさえ、「純粋詩」の領域を死守しようとする悲愴なまでに切実な決意がくりかえし表明されているのである。

著者は詩を愛してゐる。何よりも詩を愛してゐる。そして実に「純粋に詩的なもの」を愛してゐる。

（『純正詩論』自序）

本当は、詩人の使命は「純粋に詩的なもの」への凝縮よりもむしろ詩的なるものの遍在にこそ求められるべきだったかもしれない。なぜなら、前者は詩の領域の局限を意味するしかなく、これに対して後者は詩の領域の拡大を意味するからだ。おそらく、今日の詩人ならためらわず（あるいはためらいがちに？）後者を選ぶのが大勢というものだろう。いわく、散文のポエジー、映像のポエジー、音のポエジー、日常性のポエジー云々、という具合に。だが、「純粋に詩的なもの」に執着せざるをえなかったのには、たしかに朔太郎なりの切実な理由があった。

彼が「詩的」ということは殆どいつも「感傷的」というに等しい。『月に吠える』以来一貫して彼のポエジーの所在は「感傷主義《センチメンタリズム》」に他ならなかったのだから。この局限された領土においてのみ彼は世界を凝視することができた。「感傷主義」の領土には、いわばあらゆる種類の光学装置が取り揃えられていた。詩人はそれらの光学装置――拡大鏡や顕微鏡、望遠鏡、平面鏡に凸面鏡、凹面鏡――を用いることによって世界を凝視した。その光学装置が「リズム」に他ならなかった。彼は「感傷主義」という限られた領土に居住して「リズム」という光学装置がもたらしてくれるイメージの数々を全宇宙の現象として把握した。したがって彼の「詩の原理」は、ひたすらこの領土と装置を他の領域から識別する理論の構築へと向かわざるをえなかった。主観と客観、音楽と絵画、時間と空間、描写と情象など、くりかえし説かれる表現様式の二分法は、「純粋詩」の領域を死守するための領土の極限化というベクトルを持たざるをえなかったのだ。萩原朔太郎の悲劇は、詩と散文の二元論を揚棄するはずの〈散文詩〉なる観念が、かえって二つの領域の中間地帯に不徹底なものとしザインする過渡的な様式として、宙吊りになるしかなかった、という点にある。そして彼の錯誤は、そのような中間領域が〈近代詩〉の必然としてではなく、彼の時代の過渡的な「日本語」の弱点にのみ帰結する、と考えていた点にある。したがって、少なくとも昭和十年に至るまで、萩原朔太郎は二重の意味で〈散文詩〉を見失うことになった。詩の領域の局限が同時に詩精神の遍在に結び付くという逆説は、彼の散文作品の多くがすでに実証していたにもかかわらず、殆どこの時期までの朔太郎には自覚されていなかった。

詩人は何処へ行くべきか？　この答解は既に尽した。今日以後の未来の詩人は、散文に背中を向けつつ、純粋に時間的なる宇宙（韻律性、主観性、感傷性、空想性等の主座する世界）を発見すべく、ひとへに純粋詩のイデアを求めれば好いのである。（『純正詩論』）

無論、このような断定が何の保留もなく表明されるわけはなく、朔太郎はいたる所で「イデア」と「ザイン」の区別をくりかえし明言している。つまり、「純粋詩」とは常に詩人に志向されるべき究極の一点であり、現実に存在（ザイン）する詩に多少の散文精神が混入することは止むを得ない、従って散文詩もまた不可避である、ということだ。端的にいえば、現実と理想の位相が弁別されているということなのだが、朔太郎の論理が特異な点は、これら二つの位相がいわば地続きの関係におかれているようでありながら、実は「ゾルレンとしての真正の詩」が意志のベクトルとして描かれはするもののの決して実体を現わさないという、奇妙な二重性を呈していることである。言い換えれば、「純粋詩のイデア」なるものの実体（実体が把握されてしまえばイデアとは呼べなくなるから、イデアにより近似なる形姿というべきかもしれないが）は、永久に明示されないままなのだ。ちょうど『宿命』の散文詩「舌のない真理」で一瞬姿を現わした「さびしい青猫の像《かたち》」のように、疑い得ぬ実在感と信じ得ぬ非在感を併せ持つ〈真理〉として、「純粋詩」のイデアは保持されていたのである。

『純正詩論』刊行の前年にあたる昭和九年に刊行された『氷島』は、おそらくこうした詩人のイデアが具体的に「抒情詩」の形態をとって現出した最後の詩集としての意味を孕んでいる。「韻律性、主観性、感傷性、空想性」といった純粋詩の諸性質が、この時期の朔太郎に特有の憤怒、詠嘆、切実、悔恨といった色調と相俟って、ゾルレンとしての抒情詩、あるいは限りなくイデアに近い純粋詩を生成せしめるはずだった。だが、その結果は、萩原朔太郎が自ら述懐するように、「芸術品であるよりも、著者の実生活の記録であり、切実に書かれた心の日記」が生起したのであり、散文的日常現実を詩化するという、思いがけなくも清新なポエジーの可能性を開くことになった。詩友室生犀星が指摘したごとく「小説のようなもの」としての物語詩『氷島』が成立したのであり、イデアとしての「純粋詩」のいわば対極に位置する叙事的作品という特質によって、後の『宿命』への先駆的作品となったのである。ここで朔太郎は、「詩の逆説」としての〈小説〉を自ら体現すべき危うい識閾に踏み入ってしまったのだ。

『氷島』の巻頭詩「漂泊者の歌」に描かれた生活＝思想を背後から支えるような次の一節は、詩人としてのイデアを死守するために自身に課した使命を心ならずも貫徹できなかった、という悔恨と、無力感と、それ故の焦燥とが混在して、ヒステリックな叫びとなったものである。

日本の詩人群はどこへ行くのか。事業は大きく力は弱い。希望は遠く成果はすくない。詩情はあつても言葉がなく、意図はあつても道具がない。あらゆる困難は前途を塞ぎ、しかも背後は断崖である。金もなければ力もない。形式もなければ創造もない。しかも社会と環境に孤立して、永遠に先駆者の受難を独りで負つてる。安住の地もなければ故郷もない。苦悩多くして報酬なく、名誉もなければ地位もない。前途は茫洋として希望に遠く、意志なき寂寥に歔欷するのみ。ああ汝等漂泊者！　日本の詩人群よ何処《いづこ》へ行く。

（『純正詩論』）

いうまでもなく、ここで問われているのは、萩原朔太郎自身の〈抒情の宿命〉に他ならない。

2

『純正詩論』が刊行された昭和十年には、萩原朔太郎の数少ない小説作品のうち二篇が発表されており、詩人のアンビヴァレンツが露呈しているようで興味深い。刊行順に並べると、まず二月に「日清戦争異聞（原田重吉の夢）」と題する短篇小説が雑誌「生理」に発表され、次いで四月に『純正詩論』の出版（雑誌初出は昭和五－十年）、そして雑誌「セルパン」八月号に短篇小説「猫町」の発表、となる。つまり、『純正詩論』出版の前後に二つの短篇小説が発表されているわけで、この事実は、昭和十年頃の朔太郎が詩の極北を目指しながら、同時に〈小説〉の可能性を模索していたことを示している。

萩原朔太郎の小説といえば、この二作品以外には、昭和四年発表の「ウオーソン夫人の黒猫」があるくらいで、他には未完の遺稿やノートの断片を除けば殆ど皆無といっていい。「ウオーソン夫人の黒猫」にしても、たしかに怪奇小説としての幻想性と心理学的技法においてそれなりに完成した作品という印象を与えはするものの、やはりエドガー・アラン・ポオの影響による習作の域をいくらも出ていない。結局、萩原朔太郎の個性が結晶した小説あるいは小説的作品といえば、昭和十年発表の二作品と、それ以後に書かれ『宿命』に収められた数篇の散文詩風短篇のみ、ということになる。したがって、この時期は、萩原朔太郎の比較的長い詩作生活の中にあって非常に重大な転換期とみることができる。端的にいえば、詩の抒情から小説の叙事への移行が目立たぬながらも着実に進行していたことを推測させるのである。勿論、この移行は後に本格的な小説作家を誕生させるには到らなかった。が、そのかわりに、詩人の最後の詩観を集大成すべき物語詩（抒情的叙事詩）たる『宿命』を構成する重大な要因になった。事実、「猫町」発表の翌年から『宿命』刊行の昭和十四年に至る約四年間に『純正詩論』の主張は微妙に修正を施され、詩と散文のありうべき関係を模索するエッセイが相次いで書かれていくのである。それらのエッセイについてここで詳しく検討する余裕はないが、取り急ぎ標題だけを列挙すると、「小説と詩的精神の問題」（昭和十一年一月）、「詩人は散文を書け」（昭和十二年二月）、「詩と散文精神」（昭和十二年三月）、「詩を小説で書く時代」（昭和十三年二月）などがその主たるものである。朔太郎は、これらのエッセイの中で、詩と散文の相違をくりかえし明示しているのだが、次第に詩精神の散文による表出を詩人の当為として認識していくようになる。無論、そこには、「虚無の歌」をはじめとする散文詩の試みが介在していた。「日清戦争異聞（原田重吉の夢）」と「猫町」の二篇は、このような変移のいわば原点に位置するものであり、「詩の逆説」を自ら生きることを余儀なくされた昭和十年当時の朔太郎が小説に求めた詩精神の所在を知る上で、重要な作品とみるべきだろう。

「日清戦争異聞（原田重吉の夢）」と題された、四百字詰原稿用紙に換算して十枚足らずの短篇小説は、一種の反戦的、とはいわないまでも厭戦的気分、を主調とするルポルタージュ風の作品、という体裁で書き始められている。支那の玄武門攻撃で殊勲をあげた実在の人物を主人公にしたこの作品は、しかし、詩人の想像力によって著しく夢想的なフィクションへと変容していく。興味深い点は、「上」「下」に二分されたこの作品で「上」の部分に描かれる主人公原田重吉が、いわば散文精神の権化として扱われているのに対し、敵の支那兵達が詩人を彷彿させる詩精神の精霊のように描写されていることである。

その弁髪は、支那人の背中の影で、いつも嘆息《ためいき》深く、閑雅に、憂鬱に沈思しながら、戦争の最中でさへも、阿片の夢のやうに逍遥つて居た。彼等の姿は、真に幻想的な詩題であつた。だが日本の兵士たちは、もつと勇敢で規律正しく、現実的な戦意に燃えてゐた。（傍点引用者）

支那兵＝詩精神、日本兵＝散文精神、それに「模範的軍人」たる原田重吉＝散文精神の権化、というアレゴリックな図式は容易に見てとれよう。玄武門攻撃の場面では、戦争の最中にあって物悲しく憂鬱な夢想に耽る支那兵達——「永遠の退屈」に捉えられた詩人の自画像といってもいい——の間に唐突に闖入する原田重吉の姿と怒声が、あたりの詩的調和を破ってたちまち情景を一変させてしまう。

原田重吉が、ふいに夢の中へ跳び込んで来た。それで彼等のヴイジョンが破れ、悠々たる無限の時間が、非東洋的な現実意識で、俗悪にも不調和に破れてしまつた。（傍点引用者）

「現実意識」（＝散文精神）の介入によってひとたまりもなく崩壊する夢のヴィジョン（＝詩精神）とは、「幻燈の近代」への夢想と挫折という朔太郎の苦い来歴の寓意に他ならない。ここには、詩精神の散文精神に対する圧倒的不利、全面的敗北という寓意が描かれているのだ。詩的夢想の悦楽を突如打ち破る不協和音としての原田重吉の像は、半年後に発表の「猫町」では、より無気味に幻想化された集団像――猫の大群のイメージ――となって再登場することになる。

　このように、「日清戦争異聞」の「上」の部分では、詩精神を破砕する散文精神の喩としての主人公が描出されているといえるのだが、ここで、作者の感情移入は主人公にではなく「幻想的な詩題」である支那兵達（詩人の一群）に対して行われていることに気づく。だが、「下」の部分では、散文精神の権化たる原田重吉が国に帰り零落していく姿のうちに、多少なりとも詩人の感情移入が見られはしないだろうか。物語の後半部をやや観念的に要約していうなら、詩精神を破砕した散文精神が過去の栄光に陶酔（陶酔とはすでに詩精神の一部である）するうちに己れの実利的合理精神を見失い最後には（詩人のように）夢想に耽るだけの存在になるまでの経緯が、簡潔ながら抒情的な筆致で描かれている。特に、原田重吉が老いて見る夢の情景では、彼が昔、玄武門の中に突入した際にほんの一瞬垣間見たにすぎないはずの支那兵達の様子が、今度は闖入者によって乱されることなしに、静謐で平和な夢想の裡に再現するのだが、この場面では主人公の心象はそのまま詩人のそれと同致して抒情的に歌われているのである。「どこからともなく、空の日影がさして来て、宇宙が恐ろしくひつそりして居た。」という情景は、そのまま詩人の心象風景とぴったり重なるものだ。

長い、長い時間の間、重吉は支那兵と賭博《ばくち》をして居た。黙つて、何も言はず、無言に地べたに坐りこんで……。それからまた、ずつと長い時間がたつた……。

永遠に続くかとも思われるこの「長い時間」の静寂が、彼が一瞬にして破壊した詩空間から無意識裡に抽出した夢の真実に他ならない。彼にとって、過去の現実は「そんな昔のことなんか、どうだって好いや！」と宣告される一過性の夢にすぎず、反対に、現在の夢想こそがようやく獲得された抒情であり詩の真実に他ならない。つまり、彼は詩を発見したのだ。

それからまた眠りに落ち、公園のベンチの上でそのまま永久に死んでしまつた。丁度昔、彼が玄武門で戦争したり、夢の中で賭博《ばくち》をしたりした、憐れな、見すぼらしい日傭人《ひようとり》の支那傭兵と同じやうに、そつくりの様子をして。

散文精神の権化たる原田重吉がその最期において詩精神の精霊と化し、支那兵との交感《コレスポンダンス》＝照応のうちに絶命するこの件りは、感動的なまでの抒情を湛えている。

小品ながら印象的な魅力に充ちたこの詩的小説は、アレゴリックな面に注目して要約すれば、散文精神による詩精神の破砕とそれに続く散文精神自体による詩精神の発見の物語、ということになる。作者の視点に立って見るなら、自己表出の水位は一貫して詩精神の側にあって詩の行方を追い続けているといえる。支那兵から原田重吉に乗り移っていく詩の精霊を描写することがこの作品の潜在的なプロットだったのであり、その描写に一貫した通時軸を与えるために仮構されたのが〈小説〉という様式であった。いわば詩人は、この作品において、小説の逆説としての詩の顕現を描出すべく詩の逆説としての小説を構築した――その意味において、〈抒情の宿命〉を詩と小説の統合の裡に描き出したといえるのである。

3

「日清戦争異聞（原田重吉の夢）」の半年後に発表された「猫町」では、前作とは全く対照的というべき私小説的構成において、詩と小説の統合が企てられている。単に主人公の人称が三人称から一人称に転じているというだけではなく、詩人の手記という形態や寓意的自己言及といった特質によって、作品のリアリティの所在が伝聞から体験へと転移したことは明らかだ。小説に不可欠な事実性《ヴレサンブランス》の基盤が、前者では実際の事件に想を得ることで、後者では自らの体験の告白というかたちで、「語り手＝主人公」の視点を明示することによって、確固たる虚構《フィクション》の位相に確立されている。この点から見て、この時期の萩原朔太郎の方法意識の明敏さは如実に伝わってくる。事実、これら二作品は形式においてのみならず、作品が示唆する詩と散文の関係の諸相においても、際立った対照を見せているのだ。このような対照的な文体《スタイル》を交互に使いわけるためには、それなりの方法意識が確立されていなければならない。萩原朔太郎の「詩の原理」は小説の原理をも究明する企てだったわけである。

「猫町」の読解の始めに、巻頭に掲げられた「散文詩風な小説《ロマン》」という文言に注目しよう。この「小説《ロマン》」という名詞は、作品の冒頭の一行「旅への誘ひが、次第に私の空想《ロマン》から消えて行つた。」における「空想《ロマン》」という語とルビを共有することによって、作品構造全体に関わる暗示的な意義をすでに担っている。「旅への誘ひ」という多分にボードレール的な遠隔志向《エクゾチスム》を意味するモチーフが「私の空想《ロマン》」から消失した時に初めて「小説《ロマン》」が成立することになる、という逆説のことだ。ここにはおそらく、青春期以来の〈漂泊〉のモチーフがさりげなく提出されているのだが、同時に、「空想＝小説《ロマン》」としての成立に不可欠な〈滞留〉のモチーフが暗示されてもいる。人は旅の途上（漂泊）にあって旅を「空想」とみなすことはできない。仮りに「旅」を「詩」に置換してみるなら、「旅への誘ひ」としての彼方への欲求、「幻燈の近代」や「幻像の都会」への欲動、といった抒情詩のモチーフはもはや詩人にとって「小説《ロマン》」を充たすべき不可欠な要素とは考えられず、ただ己れが〈滞留〉する一定の空間内における「空想《ロマン》」によってのみ「人が時空と因果の外に飛翔し得る唯一の瞬間」（「猫町」）を創出することができる、ということになる。したがって、「猫町」の中心部と見るべき「2」の章の冒頭に「その頃私は、北越地方のKといふ温泉に滞留していた。」（傍点引用者）と書かれているのも、「私」がおよそ「旅」とは縁遠い精神状態におかれていることを示唆している。「私」は〈滞留〉しているのであって〈漂泊〉しているのではない。「空想＝小説《ロマン》」に不可欠な状態が〈滞留〉であることを、「1」の冒頭の「旅への誘ひ」への否定的言辞は早くも断言しているのである。言い換えれば、「私」の「空想《ロマン》」は今では詩の中にではなく「小説《ロマン》」の中においてのみ抒情性を保つことができる。この作品は旅＝詩への断念と共に空想＝小説による詩空間の再生への祈念を物語っているといえるのだ。

「猫町」を私小説的と言い得るもう一つの理由は、この作品が純然たる虚構《フィクション》の位相においてのみならず、詩的寓意を主眼とする自己表出の位相においても読解可能であるという点にある。寓意《アレゴリー》を方法の基軸とする点においては「日清戦争異聞」の場合と同様だが、自己表出性の強度という点では「猫町」がはるかに上回っている。無論それは、「散文詩風な小説《ロマン》」と作者がことわっているように、詩の抒情性を小説の叙事性へと架橋するためだ。「猫町」は、詩に特有の抒情を全体としての印象に深く刻み込むことを意図しながら、同時に、小説に特有の叙事を獲得することを狙って仮構された、私小説的散文詩といえるだろう。なぜなら、私小説とはもともと、言語の指示能力（伝達性）を強化したところに生ずる抒情詩の変種に他ならないからだ。

「猫町」のアレゴリックな性質を読み解く鍵は、作品の至る所に埋められている。前述した〈漂泊〉と〈滞留〉が各々「1」と「2」の冒頭に言及されていることが、既に「猫町」の寓意性を如実に示しているといえるし、「1」の章に見られる「沼沢地方」や「沿海地方」の記述を「青猫以後」の詩空間への自己言及的アレゴリーと見ることもできる。また、「三半規管の疾病」という「私」の肉体的欠陥は、それ自体この作品特有の〈迷路〉のモチーフを暗示すると共に、後にクライマックスの部分に登場する猫のイメージを一層劇的にするための「私」のイメージ――野良犬のように彷徨する方向感覚喪失者の像――を寓意しているといえよう。さらに、朔太郎の作品に頻出する「幻燈の幕に映つた、影絵の町」という幻影が、この作品でもやはり詩のイデアを寓意する表象として扱われている。

だが、このような寓意《アレゴリー》に満ちた「猫町」にあって、最も劇的に切実さを表出しているのは、やはり「2」のクライマックスに描かれる夢想から現実への急転の場面であるだろう。そのクライマックスを読解する前に、「1」の末尾に置かれた作者からのメッセージ――私小説的散文詩としての自照性を明言する幻想的リアリズムの宣言――を引用しておかなければならない。

> 次に語る一つの話も、かうした私の謎に対して、或る解答を暗示する鍵になつてる。読者にしてもし、私の不思議な物語からして、事物と現象の背後に隠れてゐるところの、或る第四次元の世界――景色の裏側の実在性――を仮想し得るとせば、この物語の一切は真実《レアール》である。だが諸君にして、

もしそれを仮想し得ないとするならば、私の現実に経験した次の事実も、所詮はモルヒネ中毒に中枢を冒された一詩人の、取りとめもないデカダンスの幻覚にしか過ぎないだらう。とにかく私は、勇気を奮つて書いてみよう。ただ小説家でない私は、脚色や趣向によつて、読者を興がらせる術を知らない。私の為し得ることは、ただ自分の経験した事実だけを、報告の記事に書くだけである。

ここで朔太郎は、幻想と現実との真実性《レアリテ》の軽重を読者の幻想意識（ゾルレンとしての実在への欲動）の切実さに委ねようとしている。〈漂泊〉ではなく〈滞留〉によって空想される「景色の裏側の実在性」こそが己れのポエジーの究極であること、そしてそのポエジーが実在する「第四次元の世界」が実生活に隣接するものであることを、詩人はぎりぎりの自己表出によって語っている。いうまでもなく、最後の一文は、私小説的文体《スタイル》の仮構によって指示性の強化を狙った詩人の、逆説的なポエジーを暗示しているのである。

4

私は幻燈を見るやうな思ひをしながら、次第に町の方へ近付いて行つた。そして到頭、自分でその幻燈の中へ這入つて行つた。私は町の或る狭い横丁から、胎内めぐりのやうな路を通つて、繁華な大通の中央へ出た。（傍点引用者）

これが、「猫町」のクライマックスへの導入部である。これまでに何度も伏線を施されてきた〈迷路〉のイメージは、ここで不意に「胎内めぐりのやうな路」という象徴表現によって一挙にその本質を露わにする。「伏線」というのは、すでに「1」の章において、薬物の服用によって「夢と現実との境界線」を越える通路を見出すことや、「三半規管の疾病」によって自宅の周辺を何度も巡回した挙句に「幻燈の街」に遭遇した経験といった、いわば本題へのプレリュードが描かれていたからである。こうした伏線が用意された理由は、「2」の章で突如現出する「猫の精霊ばかりの住んでいる町」の恐怖と陶酔を能う限り真実《レアール》な相の下に活写しようとする、作者の方法意識の結果に他ならない。いずれの場合にも、「現実」から「夢」への通路は一種幻想的、あるいは病的な様相を帯びた〈迷路〉として描かれているのであって、「2」の章で「私」が彷徨する山道もまた、途中で「軌道《レール》」を見失うことによって完全な〈迷路〉と化し、夢と現実を連接する幻想的な通路の役割を果たしている。

　このような〈迷路〉が何を意味するかといえば、第一に、萩原朔太郎の青春期の迷走——進学のために熊本、岡山、東京を転々とした挙句故郷前橋に時間だけを喪失して帰ってきた苦い経験——の寓意といえるだろうし、第二に、四十歳を目前にしてようやく東京での自活を実行した朔太郎が「幻像の都市」での生活の夢破れてまたしても郷里に漂着するまでの迷走の寓意、と見ることもできる。だが、ここで最も重要な点は、このような寓意性を担った〈迷路〉が、作品のクライマックスへと至る通路として描かれるこの場面において、「胎内めぐり」という思いがけなくも『月に吠える』的な母胎内イメージとなって再現していることだ。朔太郎の作品に頻出する「幻燈の街」が、「猫町」においてはじめて、彼岸においてではなく、こうした現実となって出現するのも、彼岸と此岸（夢と現実）を逆接する母胎内イメージのためなのだ。

　青春期の迷走の果てに書かれた『月に吠える』の詩篇の多くが、自身の実存の場を求めて「母体」と「胎児」の「両体具有」を身体化したイメージに支えられていることは、長野隆がすでに論証しているが、その身体論的宇宙論ともいうべき生体思想への回帰が、約二十年を隔てて「猫町」において実現していることは、やはり衝撃的な事実といわなければならない。この場面以後、「猫町」の影像《イメージ》は全て『月に吠える』の鏡像と見ることができる。ただしそれは、かつて「竹」のイメージに見られたような身体‐内‐宇宙を表象する自己回帰的思想そのものの喩ではなく、「上下四方前後左右の逆転」（「猫町」）によって成立する身体‐外‐宇宙の喩と見るべきだろう。「猫町」に突然姿を現す幻燈の街は、裏返しになった母胎内イメージに他ならないのだ。

萩原朔太郎が生涯にわたって夢見続けてきた「幻燈の街」が「景色の裏側」に——風景の逆説として——はじめて描写されることになった、ということは、「詩の逆説」としての小説《ロマン》の必然性を示唆している。『月に吠える』の生成によって獲得された詩学は「猫町」の「空想＝小説《ロマン》」のトポスにおいて初めて現実として描かれることになった。無論この場合、現実とは夢の逆説に他ならないのだが。

「猫町」の情景描写には際立った特徴が見られる。それは、この町を支配する静穏、悦楽、秩序といった特質が非聴覚的感覚によって捉えられているということだ。夢がもし悦楽であるとすれば、全き受動性としての聴覚は沈黙のみを希求するだろう。なぜなら、この場合、夢とは母胎回帰への欲動に他ならないからだ。「日清戦争異聞」の原田重吉が最後に夢の中で発見するポエジーもまた、「宇宙が恐ろしくひつそりして居た。」とあるように、沈黙の悦楽に支えられていた。静寂こそがポエジーの現出に不可欠な第一条件なのである。

> 街は人出で賑やかに雑閙して居た。そのくせ少しも物音がなく、閑雅にひつそりと静まりかへつて、深い眠りのやうな影を曳いてた。それは歩行する人以外に、物音のする車馬の類が、一つも通

行しない為であつた。だがそればかりでなく、群集そのものがまた静かであつた。男も女も、皆上品で慎み深く、典雅でおつとりとした様子をして居た。特に女は美しく、淑やかな上にコケチツシユであつた。店で買物をして居る人たちも、往来で立話をしてゐる人たちも、皆が行儀よく、諧調のとれた低い静かな声で話をして居た。それらの話や会話は、耳の聴覚で聞くよりは何かの或る柔らかい触覚で、手触りに意味を探るといふやうな趣きだつた。（傍点引用者）

聴覚でなく触覚によって捉えられる言葉とは、まさしく「内在律」としてのリズムの喩ではないだろうか。実際に響いている音よりもさらに官能的で精神的な詩の音楽。それは、萩原朔太郎の見果てぬ夢だった純粋詩の、全感覚的音楽の表象と考えられる。したがって、このような全感覚的逸楽に充ちた都市は、まさに詩人の理想的詩空間——純粋詩のイデアの実現——そのものといえるだろう。

だが、このような魅惑と悦楽に充ちた街の空気《アトモスフィア》は、同時に、限りない緊張を強いるものでもあるはずだ。なぜなら、イデアとしての純粋詩の出現とは、同時にその消滅——崩壊の脅威——への不安と恐怖の始まりでもあるのだから。

私が初めて気付いたことは、かうした町全体のアトモスフィアが、非常に繊細な注意によつて、人為的に構成されて居ることだつた。単に建物ばかりでなく、町の気分を構成するところの全神経が、或る重要な美学的意匠にのみ集中されて居た。空気のいささかな動揺にも、対比、均整、調和、平衡等の美的方則を破らないやう、注意が隅々まで行き渡つて居た。しかもその美的方則の構成には、非常に複雑な微分数的計算を要するので、あらゆる町の神経が、異常に緊張して戦いて居た。

（中略）しかも恐ろしいことには、それがこの町の構造されてる、真の現実的な事実であつた。一つの不注意な失策も、彼等の崩壊と死滅を意味する。町全体の神経は、そのことの危懼と恐怖で張りきつて居た。美学的に見えた町の意匠は、単なる趣味のための意匠でなく、もつと恐ろしい切実の問題を隠して居たのだ。

「対比、均整、調和、平衡」といった古典的美意識への批評的視点が示されているのだが、それが「単なる趣味のための意匠でなく、もつと恐ろしい切実の問題」と認識されている点に、萩原朔太郎の近代＝都市への屈曲した欲動の源泉が垣間見られる。美と秩序を理想とする「純粋詩」の理念が現実態としての理想都市《アルカディア》を影像化した瞬間、美の悦楽は恐怖に転じ、静止した詩空間の秩序は僅かな不協和音の介入——詩空間への散文精神の闖入——によって全壊すべき本質を露呈してしまう。その散文精神を詩空間の只中に現出せしめることこそ、必敗を予感した詩精神の最後の投企——原田重吉が最後に見た夢の投影——ではなかったか。朔太郎にとって都会とは、常に「幻像の都会」（『新しき欲情』）に他ならず、出現と同時に消滅を宿命付けられた一刻の幻影にすぎなかったために、近代＝都市＝詩的秩序のアナロジーが生起せしめる充足と虚無のアンビヴァレンツ（例えば「虚無の歌」に描かれるような）は極めて重い意味を持って表出されることになる。

美と秩序と静寂に充たされた理想都市《アルカディア》が今まさに崩壊しようとする瞬間の情景が、「充電した空気の密度」という潜在エネルギーの充溢によって示されているのは、詩空間がそれ自体の宿命として予め破局を内包していた、ということだ。この自己破壊的エネルギーによって、古典的整合美に溢れた建物はあたかも高熱を加えられたかのように縦長に変形し、バロック的に歪んだ姿に変容する。

建物は不安に歪んで、病気のやうに痩せ細つて来た。所々に塔のやうな物が見え出して来た。屋根も異様に細長く、痩せた鶏の脚みたいに、へんに骨ばつて畸形に見えた。（傍点引用者）

『月に吠える』の根幹を成した「疾患」のモチーフが、ここで意外にも風景の病気という身体的イメージを生み出していることは、注目に価する。母胎内イメージを裏返した迷宮の都市においてもまた、病と死（仮死）が肉体＝風景としての自然《フュジス》を侵蝕しているのだ。『月に吠える』において、疾患と仮死のモチーフが辿り着いた結論は、「竹」に象徴される生命の二重性の顕現に他ならなかった。「竹」は新生の象徴であると共に大地＝母体にとっては疾病の真因でもあるために、生成と衰弱の二重性の裡にこそ生命感の本質的隠喩となり得るのだった。「竹」とは、大地＝母体にとって切断不可能な宿命的〈他者〉――己れの肉体の一部であると共に異物でもあるという二重性を担った胎児――にほかならないのだ。

「竹＝胎児」と「大地＝母体」の二重性を生きることが萩原朔太郎のフュジスにとって宿命的な〈生〉の必然だったとするなら、〈死〉を主題とする次の詩篇もまた、〈仮死＝再生〉という詩人の表現営為を他者性の根源において示していたはずである。

死

みつめる土地《つち》の底から、

奇妙きてれつの手がでる、
足がでる、
くびがでしやばる、
諸君、
こいつはいつたい、
なんといふ鵞鳥だい。
みつめる土地《つち》の底から、
馬鹿づらをして、
手がでる、
足がでる、
くびがでしやばる。

「浄罪詩篇」の直前（大正三年十一月）に発表されたこの詩篇で、「土地《つち》の底」（地面の底）からグロテスクにも肉体を突き出す死者とは、後に「竹」を生むことになる内なる他者たる胎児の先駆的イメージに他ならない。この死者の像は、やがて、身体－内－宇宙の表象というべき一連の「浄罪詩篇」において、大地＝肉体のアナロジーを完遂すべく鉱物と植物の生体ドラマを形成していくことになるのだが、これと並行して、「前後四方上下左右を逆転」した身体－外－宇宙の表象として、地上を逍遥する幾多の動物のドラマを形成することにもなる。自己意識の、とりわけ詩人の〈意志〉の、悲劇的特質を体現する「犬」のイメージと、〈宿命〉としての他者性を象徴する「猫」のイメージが、朔太郎の詩作行為《ポエーシス》の中枢を形成していく背景には、このような〈生〉の二重性が潜在していたのである。「浄罪詩篇」の直後（大正四年四月）に発表された「散文詩」では、死者＝他者のアナロジーは次のように描かれるようになる。

Omega の瞳

死んでみたまへ、屍蝋の光る指先から、お前の霊がよろよろとして昇発する。その時お前は、ほんたうにおめがの青白い瞳《め》を見ることができる。それがお前の、ほんたうの人格であつた。

ひとが猫のやうに見える。

アルファに対するオメガとしての、人間の最後の姿――死者としての自己像――において内なる他者の像が「ほんたうの人格」として立ち上がる、というのだが、その時「ひとが猫のやうに見える」というのは、竹＝胎児＝猫というイメージの連鎖によって捉えられた〈宿命〉としての他者像の暗示に他ならない。

「猫」が他者性の象徴であるというのは、既に清岡卓行が多くの例を挙げて実証しているが、ここでは、朔太郎の詩作品ではなく、数少ない小説作品の一つである「ウオーソン夫人の黒猫」（昭和四年）の中に、「往来を歩くすべての人が、猫の変貌した人間のやうに見えたりした。」という記述があることを想起しておきたい。というのも、「猫町」のクライマックスに出現する猫の大群のイメージが、萩原朔太郎の生涯にわたってつきまとい続けた妄執であることを、それぞれに時期を隔てたこれらの用例がたしかに物語っているように思われるからである。

5

『月に吠える』の逆説的影像としての「猫町」の風景——母胎内イメージを裏返した身体‐外‐宇宙の器官構造——において、「竹」のイメージに相当する〈宿命〉としての他者性は、「猫」の大群のイメージによって示されている。「青空のもとに竹が生え、／竹、竹、竹が生え。」と記された自己増殖による生動感は、「猫町」において、その心臓部とも呼ぶべき次の一節に再現することになる。

> 瞬間。万象が急に静止し、底の知れない沈黙が横たはつた。何事かわからなかつた。だが次の瞬間には、何人《ひと》にも想像されない、世にも奇怪な、恐ろしい異変事が現象した。見れば町の街路に充満して、猫の大集団がうようよと歩いて居るのだ。猫、猫、猫、猫、猫、猫、猫。どこを見ても猫ばかりだ。そして家々の窓口からは、髭の生えた猫の顔が、額縁の中の絵のやうにして、大きく浮き出して現れて居た。

「竹」が大地＝母体にとって己れの一部でありかつ異物であるという二重性を担った他者性の象徴であったのと同様に、「猫」もまた、この「幻燈の街」にあって住人であると同時に破壊者であるという二重性を担った宿命的な他者にほかならない。「日清戦争異聞」において静穏な詩空間に突如出現した原田重吉（散文精神の喩）と同じく、不協和音としての他者とは、この上なくグロテスクな相の下に、美と秩序と静寂を一挙に破局にまで導く詩の破壊者なのだ。

　私は自分が怖くなつた。或る恐ろしい最後の破滅が、すぐ近い所まで、自分に迫つて来るのを強く感じた。戦慄が闇を走つた。だが次の瞬間、私は意識を回復した。静かに心を落付けながら、私は今一度目をひらいて、事実の真相を眺め返した。その時もはや、あの不可解な猫の姿は、私の視覚から消えてしまつた。町には何の異常もなく、窓はがらんとして口を開けてゐた。往来には何事もなく、退屈の道路が白つちやけてた。猫のやうなものの姿は、どこにも影さへ見えなかつた。

　こうして猫の集団は雲散霧消し、同時に幻影も消滅してありきたりの田舎町の光景が描かれることになるのだが、「原田重吉」の場合とは異なって、「私」はポエジーを〈死〉の領域へと持ち運ぶのではなく、散文的現実たる日常生活の方へと回帰する。

「日清戦争異聞」では、詩－散文－詩というプロットが小説の逆説としての詩の発見を寓意していたのに対し、「猫町」では散文－詩－散文の内部構造が詩の逆説としての小説の発見を寓意している。「三半規管」というそれ自体聴覚の〈迷路〉を暗示する器官の疾患が原因で、図らずも『月に吠える』の生体ドラマを裏側から生き直してしまった「私」は、「猫の精霊ばかりの住んでる町が、確かに宇宙の或る何所かに、必らず実在して居るにちがひないといふことを」確信するしかないのだが、この確信こそが萩原朔太郎の切実な幻想意識――散文精神がそれ自体として詩精神に逆接するという認識の真実性《レアリテ》――の表白に他ならない。「既に十数年を経た今日でさへも」明確に想起することのできる

「あの奇怪な猫町の光景」は、『青猫』の憂鬱を貫通して『月に吠える』の生理的恐怖感にまで、たしかに届いているのである。なぜなら、「全く疲労の椅子に身を投げ出したデカダンスの悲哀（意志を否定した虚無の悲哀）」（『定本青猫』自序）のうちに、ということは全き他者性に、身を委ねた倦怠のうちに成立した詩集である『青猫』の受動性と共に、「或る生理的の恐怖感を本質した詩集」（同）である『月に吠える』のイマジスムがもたらす能動性は、たしかに「猫町」の意志的な夢想を生起せしめる要因となっているからだ。端的にいえば、〈意志〉の表象たる犬（＝「私」）が〈宿命〉の表象たる猫（＝他者）に遭遇してイデアを喪失するまでの――そしてこの図式が幾度となく反復する詩人の当為たることを認識するまでの――自己史としての自照性を、「猫町」は発生の原基としているのである。

「日清戦争異聞」と「猫町」の成立によって自己表出としての「小説《ロマン》」の位相を確定した萩原朔太郎は、その後、「虚無の歌」（『宿命』所収）を始めとする数篇の散文詩（その中には幾分短篇小説的なコントもある）に自己史としてのポエジー（詩的自伝）の定位を企てる。昭和十一年には『定本青猫』を、同十四年には『宿命』を構築することによって、詩人は「小説《ロマン》」への志向性を抒情的叙事詩の中に封印したようにみえる。同時に、この二つの詩集は、『月に吠える』の生命思想が導き出した能動性‐受動性のアンビヴァレンツをも、詩を構成単位とする物語構造の裡に釘付けにし、詩の〈宿命〉への欲動に最後のピリオドを打つことになる。

　私は私自身の陰鬱な影を、月夜の地上に釘づけにしてしまひたい。影が、永久に私のあとを追つて来ないやうに。

（『月に吠える』序）

釘づけにされた陰鬱な影は、永遠の生命を獲得した、彼の詩にほかならない。

［付記］本稿の執筆にあたって、「猫町」については清岡卓行『萩原朔太郎『猫町』私論』（文藝春秋、一九七四年）を、『月に吠える』については長野隆の諸論文――「萩原朔太郎『月に吠える』の思想と方法」（「詩論」七号、一九八五年）、「『月に吠える』前史あるいは性愛の逆説」（同八号、一九八五年）、「詩の方法あるいは生涯の契機」（同九号、一九八六年）（以上いずれも『萩原朔太郎の世界』砂子屋書房、一九八八年、所収。後に『長野隆著作集』（壱）和泉書院、二〇〇二年、に再録）――を、ほぼ全面的に参照した。特に後者については、『月に吠える』の生体ドラマを本稿で論じる際の前提として扱った。従って、もし本稿に何らかの独自性があるとするなら、『月に吠える』の思想を「猫町」の文脈から把握し直すことによって晩年の萩原朔太郎の詩観を初期のそれに連接した点にあるだろう。また、『宿命』については「詩論」八、九号の拙稿（同右『萩原朔太郎の世界』所収）を参照されたい。尚、テクストは筑摩書房版『萩原朔太郎全集』に拠ったが、旧漢字は原則として新字体に改めた。

2 「蟲」を読む

萩原朔太郎の晩年の散文詩に、「蟲」という、一風変わった作品がある。四百字詰原稿用紙にして六枚程度の、おそらく多くの研究者にも殆ど注目されていない小品だが、これが私には、初めて読んだ時からどうも気にかかって仕方がない。そのこだわりを、逐一順を追って述べてみても無意味と思われるので、ここではまず、つい最近思い付いたことを書くことにする。

最初に、「蟲」という文字に注目したい。「虫」ではなく「蟲」である。萩原朔太郎は、最初、雑誌「文藝」（昭和十二年）にこの作品を発表した際には、「虫」と表記している。元来、「虫」は爬虫類を指し、「蟲」は昆虫類を指す、というように私自身思い込んでいたが、「新字新かな」になる以前から、すでに「虫」は「蟲」の略字として用いられていたらしい。萩原は、これと同じ頃に発表した散文詩「臥床の中で」においても、初出の際には「毛虫」という表記をしているので、「虫」と「蟲」を併用していたと思われる。もっとも、「虫＝爬虫類」にこだわってみたい気も多少はある（たとえば、朔太郎は自分の顔が「爬虫類」に似ている、と言っているし、爬虫類と鳥類の共通性にこだわりつつ鳥への変身の夢を描いてもいる）のだが、ひとまずこれは別問題としておく。

で、問題の虫→蟲だが、このパズルはすぐに解ける形態上の問題に過ぎない。先に言ってしまえば、

虫、虫、虫→蟲

である。で、この図式は直ちに、

竹、竹、竹……（大正四年）

や、

猫、猫、猫……（昭和十年）

に、結びつくのである。要するに、「竹」の群生（新生の高揚を宣言する「自己＝胎児」のイメージ）や、「猫」の群集（生命の倦怠を意味する「他者＝死者」のイメージ）と同様に、群をなす存在がわずか一文字に要約されたのが、「蟲」なのだ。

なぜ「虫」ではなく「蟲」なのか、という問いはこれで解けたようなものだが、問題はその先にある。私には、萩原が生涯こだわり続けたある重要なモチーフが、ここに潜んでいるように思われてならないのだ。そのモチーフを明らかにするために、作品の内容を要約してみよう。

「私」は「毛蟲のやうに、脳裏の中に意地わるくこびりついて」はなれない言葉にしばしば悩まされている。ある日のこと、「鉄筋コンクリート」という言葉をふと思い浮かべ、それが隠している秘密の意味、言い換えればひそかに暗示している「本当の意味」がわからなくて焦躁する。電車の中で見知らぬ人に尋ねて気味悪がられたり、友人に質問して呆れられたりする。皆に故意に意地悪をされている、との被害妄想に駆られた「私」は、怒りながら友人の家を出るのだが、そのとき不意に、「その憑き物のやうな言葉の意味が、霊感のように閃め」き、「蟲だ！」と叫んだ「私」は、喜び勇んで通りを走り出す。

萩原自身、「自註」に「散文詩といふよりは、むしろコントといふ如き文学種目に入るものだらう」と記しているように、一見、気軽な小話のようにも読まれるものだが、それにしては詩集『宿命』に「散文詩」として収録されたことの説明がつかない。同じく「自註」には、シュルレアリスムの「言葉の迷ひ児さがし」を例に挙げ、詩人特有のイメージの飛躍の一例として意味付けを試みているのだが、何故「鉄筋コンクリート」が「蟲」なのか、という点については何の示唆も与えていない。本文には、「或る人人にとつて、牡蠣の表象が女の肉体であると同じやうに、私自身にすつかり解りきつたことなのである」とだけ、書かれている。

詩人がイメージの飛躍という以上、そしてそれ以外の説明が不必要どころか不可能であると断言している以上、読者としては、何か釈然としないままにせよ、漠然と作品の雰囲気だけを味わっておけば、それでいいのかもしれない。だが逆に、だからこそ、読者なりの解釈によって深入りし分析することの意義があるかもしれないのだ。ひとまずここでは、「鉄筋コンクリート」と「蟲」の因果関係にこだわることは読者としての必然的欲求である、とだけ断っておくことにする。

そこで、一読者としてのこだわりによって「鉄筋コンクリート」と「蟲」の関係についてしばらく考察を巡らせたいと思う。この謎を解く鍵は、やはりテクストそれ自体の中に求められるべきだろう。まず最初に、

「テツ、キン、コン」と、それは三シラブルの押韻をし、最後に長く「クリート」と曳くのであった。

という一節に注目してみたい。「鉄筋」という漢語と「コンクリート」という英語の組み合わせから成る言葉は（おそらくこの時期、関東大震災後の首都復興の気運の中で一般化した言葉と思われるのだが）、従来の日本語になかった新しい音韻を担っている。いわば新奇な音響性をもつ言葉（新奇なる音楽！）への無意識のこだわりが、執拗な強迫観念となって詩人に取り憑いたのである。

詩の〈音楽〉を求めて、拍子からリズムへ、リズムからメロディへと、また定型律から内在律へと、萩原朔太郎の〈詩の原理〉の探求は、ひとえに〈音〉と〈像〉の構造上の一致――言い換えれば音像の定位――にかけられてきた。その長い探索の経緯が、詩と散文の両極において、危うい均衡を保った数々の作品となって結晶した過程は、すでに前著で論じた。その結論のみを端的に述べるなら、萩原朔太郎にとって〈音〉とは詩作上の強迫観念《オブセッション》にほかならなかった。どんなにつまらない言葉であっても、いや、意味の上でつまらない言葉であるほど、妙に音韻が気にかかる場合があるものだ。「テッキンコンクリート」がまさにそれであって、ここに萩原朔太郎はある秘密の意味――つまり詩の音楽――を聞き取ってしまった、とは考えられないだろうか。作品中で「私」が執拗に友人に食い下が

ってつぶやく次の一節には、萩原朔太郎の生涯にわたる切実なアポリアが要約されていないだろうか。

「それの意味なんだ。僕の聞くのはね。つまり、その……。その言葉の意味……表象……イメーヂ……。つまりその、言語のメタフイヂックな暗号。寓意。その秘密。……解るね。つまりその、隠されたパズル。本当の意味なのだ。」

詩が詩であることの自恃を〈音楽〉に求め続けた詩人のアポリアは、つまるところこの数語に言い表されているように思われる。言葉の表象、言葉のイメージ、言葉のメタフィジックな暗号、言葉の寓意、言葉の秘密——要するに、詩的言語の特質のすべてが、この数語に凝縮されているのだ。

言葉の響きがもたらす謎の暗号こそ、詩人の強迫観念にほかならなかった。だからその強迫観念は、詩人の脳裏に巣くう「蟲」の群れのイメージに符合するものだった。最後に「私」が「蟲だ!」と叫んで駆け出すのは、その無意識的オブセッションが明るみに出て意識化されたことに対する喜びの表れである。

だが……と、ここまで書いてきて、どうにも奇妙な謎が残ることもまた事実だ。というのも、奇妙な音韻=蟲の等式は、実はこの作品の冒頭に既にこの上なく明確に記されていたことに気付かざるを得ないからである。もう一度冒頭に戻って、この作品を読んでみる。すると、

或る詰らない何かの言葉が、時としては毛蟲のやうに、脳裏の中に意地わるくこびりついて、それの意味が見出される迄、執念深く苦しめるものである。

と、書かれているではないか！　ついでに、末尾近い部分で、ついに謎が解明された瞬間の叙述も引用しておこう。

私は思はず声に叫んだ。蟲！　鉄筋コンクリートといふ言葉が、秘密に表象してゐる謎の意味は、実にその単純なイメーヂにすぎなかつたのだ。

まるで狐にでも化かされたような気分になるのは、私だけではないだろう（と思いたい）。なんのことはない、タネは最初に明かされていたのだ。それがあまりにもあっけらかんと投げ出すように置かれているために、かえってそれに気がつかない、という、まるで手品のような仕掛けである。

だが……と、再びここで立ち上がる疑問符がある。いったいこれは、作者の意図したところなのだろうか。まさか作者が、冒頭にあるタネ明かしに気付かずにうっかりトートロジー的な言述を弄してしまった、などとは考えられないだろう（もしかするとそうかもしれないのだが……）。「毛蟲は蟲にあらず」などと詭弁を弄してもしかたがない。オブセッション＝蟲＝鉄筋コンクリート（という音）の図式は、冒頭から末尾まで一貫しているのだから。だとすると、詩人の意図はこの場合、どこにあると考えればいいのか。

ここで思い起こされるのは、「蟲」と同じく、昭和十二年一月に（ただし別の雑誌に）発表された散文詩「臥床の中で」において、詩人が自らを罵倒して「ああ汝、毛蟲にも似たる卑劣漢」と呼んでいるくだりである。つまり、「毛蟲」とは、（爬虫類と同じく）萩原朔太郎の自己嫌悪に満ちた自画像にほかならなかったのだ。だとすれば、作品「蟲」の冒頭で、詩人の脳裏に巣くう「毛蟲」とは、詩人自身のもう一つの、あるいは複数の、〈自己〉にほかならない、ということになる。詩人の脳裏に棲みついて彼を苦しめ焦躁させていたのは、音楽の霊と化した詩人の分身（たち）なのだ。

かつて『月に吠える』前夜（大正四年）に詩人の脳裏に突然訪れた〈竹〉の群生のイメージが、新生を希求してもがき苦しむ彼自身の、〈胎児〉としての分身（たち）の自画像であったように、また、「猫町」（昭和十年）のクライマックスに登場する〈猫〉の集団のイメージが、無限に増殖する〈他者〉という逆倒した分身（たち）の自画像であったように、ここでもまた、萩原は自身の内部に潜む〈病んだ自己〉の群像を見てしまったのである。

己の内部を侵蝕する複数の分身を発見した詩人は、しかし、この散文詩では、妙に高揚した明るい気分で結末を迎えている。この最後の部分は、何度読んでも思わず笑みがこぼれてくる、不思議なユーモアを湛えていて、私が偏愛する一節である。

私は声をあげて明るく笑つた。それから両手を高く上げ、鳥の飛ぶやうな形をして、嬉しさうに叫びながら、町の通りを一散に走り出した。

五十歳を過ぎた詩人が（あの萩原朔太郎が！）、子供がよくするように、空を飛ぶマネをして（『おそ松くん』のチビ太がよくやっていた）町を疾走していく姿が目に浮かぶようである。この時、疑いなく詩人は、〈虫／蟲〉から〈鳥〉に変身していた。二十代末期の〈竹〉の発見が（たとえ一時的にせよ）詩の夢の実現と認識されたように、また、四十代末期の〈猫〉の発見が（たとえ逆説的にせよ）

小説の夢の実現であったように、〈蟲〉の発見もまた、生涯における数少ない飛躍の契機の一つと認識されたにちがいない。この〈発見〉は、萩原朔太郎の最後の詩的投企と言うべき詩集『宿命』の刊行（昭和十四年）への、少なくとも伏線の一つにはなったと推測されるのだ。

詩人は今、この瞬間、大空を舞う〈鳥〉となって、下町の街路を見下ろしている。その目に映るのは、おそらく、詩人の〈宿命〉を鳥瞰する、パノラマのような風景であっただろう。

［付記］『月に吠える』については長野隆「萩原朔太郎・陰画の原理」を、『宿命』については山田兼士「萩原朔太郎・詩の〈宿命〉」を参照していただきたい（共に『萩原朔太郎の世界』砂子屋書房、一九八八年、所収）。

3 「鏡」のうしろにあるもの

萩原朔太郎の詩集『宿命』（昭和十四年）の重要さをさらに探るために、ここでは散文詩群に含まれる「短詩」を取り上げて、その今日的意義の一端を明らかにしてみたい。

詩集『宿命』の散文詩群は、それ以前に刊行された三冊のアフォリズム集からの抜粋六七篇に新作六篇を加えて編纂されている。そのうち、『虚妄の正義』（昭和四年）から再録された二七篇の中には一行から三行程度の作品が十数篇含まれていて、近代詩における「短詩」成立史を考察する上で大変興味深いテクストとなっている。ちなみに、「てふてふが一匹韃靼海峡を渡つて行つた」（「春」）で名高い安西冬衛の『軍艦茉莉』が刊行されたのも同じ昭和四年。

まず、萩原朔太郎の「短詩」をいくつか紹介しておこう。

触手ある空間

宿命的なる東洋の建築は、その屋根の下で忍従しながら、甍《いらか》に於て怒り立つてゐる。

家

人が家の中に住んでるのは、地上の悲しい風景である。

黒い洋傘

憂鬱の長い柄から、雨がしとしとと滴《しづく》をしてゐる。真黒の大きな洋傘!

これらはいずれも、詩人の〈宿命〉を垂直軸上に凝縮したみごとな象徴詩とはいえないだろうか。この垂直構造を私は前著で「死者の眼差」による「空間の詩学」と呼んだ。これらの詩空間を凝視する詩人の視線はすでに彼自身の肉体を離れて、まるで蝶や鳥のように(あるいは霊魂のように)宙をさまよっているかのようだ。こうした垂直構造を一瞬に打ち立てる詩人=死者の眼差は、水平軸においてもまた、象徴的詩空間を執拗に描き出す。

国境にて

その背後《うしろ》に煤煙と傷心を曳かないところの、どんな長列の汽車も進行しない!

歯をもてる意志

意志！　そは夕暮の海よりして、鱶の如くに泳ぎ来り、歯を以て肉に嚙みつけり。

先に引用した作品群では〈宿命〉が垂直軸に描かれていたのに対して、この二作品では〈意志〉が水平軸において描かれている。いずれも、この詩集の中心主題である「意志と宿命」の対立葛藤を活写するみごとな象徴詩といえるだろう。
『宿命』に収録された「短詩」の中には、いま見てきたような明確な主題をもつものと並んで、いくらか謎めいて奇妙な読後感を与えるものもある。また、一見なんでもないようでいて、その実何重にも入り組んだ複雑な意味構造をもつ作品もある。次に挙げる作品は、萩原朔太郎の全詩業を圧縮したかのような重層構造をもつものだ。

鏡

鏡のうしろへ廻つてみても、私はそこに居ないのですよ。お嬢さん！

最初に作品のイメージを正確にとらえておきたいところだが、短いながらなかなか複雑な詩である。一見なんでもないようでいて、実は「鏡」と「私」と「お嬢さん」の空間構造が実に曖昧なのだ。第一に、最も単純に考えられるのは、「私」と「お嬢さん」が並んで鏡を見ている、という設定だが、そうすると隣りにいるはずの「私」を求めてわざわざ「鏡のうしろ」を探ってみる、という行為はいかにも不自然だろう。

第二に、ここにいるのは「私」ひとりで、鏡の不思議さというものを「お嬢さん」に向かって（たとえば手紙かなにかで）ことさらに述べ立てている、と読むのはどうか。この場合、「居ないのですよ」という語り口がいささか不自然だし、そもそもそんな当たり前のことをわざわざ教えられた方は当惑するだけだろう。

第三に、「私」とは「お嬢さん」である、という読み方が考えられる。だが、この場合、「私」とは「お嬢さん」にとっての「私というもの」の意になるので、いっそ「私」を「あなた」と置き換えた方がより自然なはずだ。

『宿命』には「散文詩自註」が付いていて、そこにはこの作品について、

恋愛する「自我」の主体についての覚え書。恋愛が主観の幻像であり、自我の錯覚だといふこと。

と、書かれている。また、「お嬢さん」という呼びかけについては、詩集『青猫』中の二篇（「緑色の笛」と「ある風景の内殻から」）にすでに用いられており、その「自作詩自註」には「恋人を呼びかけるよい言葉」と記されている。また、昭和二年に書かれていながらなぜか『宿命』には収録されなかった散文詩「坂」にも、「お嬢さん！」の呼びかけが出てくる。したがって、「鏡」もまた、どうやら恋愛についての洞察、それも多分に自己愛的な恋愛の表現と見てよさそうだ。

そこで想像される第四の読みは、「鏡」を「私」の意にとる方法である。あなた（お嬢さん）は私を見ている。だが、私とはあなたにとって鏡であり、実は何の実体もないものだ、あなたはただ私と

いう鏡に映るあなた自身を見ているにすぎない、だから私という鏡のうしろに私自身は存在していないのですよ、というように。

以上四通りの読み方を記してきたわけだが、そのいずれか一つが正しい解釈というわけでは勿論ない。それぞれの読みの可能性を探りながら何通りものイメージを結ばせるという、詩的言語の本質にかかわる特徴が、このわずか一行の短詩においてもやはり十分に確認できる、ということだ。さらに、これらの読みを組みあわせた重層的なイメージというのもあり得る……

……と、ここまで書いてきて、ある重大な過ちに気がついた。ここまでは実は講談社文芸文庫版『虚妄の正義』から引用した「鏡」をテクストに用いてきたのだが、確認のため『宿命』に収録された「鏡」を読んでみて、大変な相違に気付いたのである。あらためて作品「鏡」を『宿命』から引用し直してみよう。

鏡

鏡のうしろへ廻つてみても、「私」はそこに居ないのですよ。お嬢さん!

見ての通り、「私」にカギ括弧が付されている。このカギ括弧は『虚妄の正義』のテクストにはなかったもの。筑摩版『萩原朔太郎全集』だけでなく、『宿命』については手元にある創元社版（昭和二十二年刊の第三版）を、『虚妄の正義』については（やはり手元にある）第一書房版（昭和五年刊行の普及版）を調べてみたが、このカギ括弧は『虚妄の正義』にはなく『宿命』に再録する際に付けられたことが確認できた。これはわずかな相違として片付けられない重大な変更である。というのも、先に記した第三の読み――「私＝お嬢さん」とする読み――の可能性が一挙に高まるからである。「私」とはあなた（お嬢さん）にとっての「私というもの」の意である、というように。

ところで、筑摩版『全集』には雑誌初出形（「日本詩人」大正十三年七月号）も掲載されており、そこではこの作品は次のようになっている。

自我

鏡のうしろへ廻つてみても、私はそこに居ないのですよ。
お嬢さん！

ここにもまた、重大な相違がある。全体が一行でなく二行になっていることと、題名が「自我」となっていることである。この題名は先にあげた「散文詩自註」の内容と呼応する。というのも、「自我」という概念的な題名は作品の「自註」としての意味をもっているからである。

ここであらためて、作品「鏡」の変容を年代順に整理してみよう。この作品は最初（大正十三年）「自我」という題名の二行詩（というよりむしろアフォリズム）として発表され、次いで昭和五年に題名を「鏡」と変え、一行にまとめられて『虚妄の正義』に収録され、最後に昭和十四年、『宿命』に散文詩として収録された際に「私」にカギ括弧が付され、更に「自註」が加えられた。これだけの短い作品が十五年間にわたって繰り返し変容を続けているというのはかなり異様な事実と見なければならない。ここには、ことさら重大な詩人の変容の鍵が隠されているように私には思われるのだ。なにしろこの十五年というのは、『青猫』以後、言い換えれば萩原朔太郎の詩人としての後半生のすべてなのである。

ところで、昭和九年十二月に雑誌「四季」に発表された後アフォリズム集『絶望の逃走』（昭和十年）に収録された次のような作品がある。

恋愛の形而上学

恋愛する心理は、現象する女の背後に、形而上の「物自爾」があることを考えて居る。

「鏡」との共通性は明らかだ。「散文詩自註」にあったように「鏡」が「恋愛する『自我』についての覚え書」だとすれば、このアフォリズムもまた、そのまま「鏡」への自註のように読むことができる。（したがってまた、この一篇が詩集『宿命』に収録されなかった理由も、「註」という分析的概念説明的な性質が「散文詩」の領域から逸脱するものであることを詩人が直感したため、と理解することができる。）ちなみに、「現象する女」を「鏡」に、「物自爾」を「私」に置き換えてみると、この一行は、

恋愛する心理は、鏡のうしろに「私」があることを考えて居る。

となって、みごとに「鏡」との対話を形成することになる。となると、先ほど記した「鏡」の四つの読みに更にもう一つの読みが加わることになるだろう。この文脈では「現象する女」が「鏡」となるから、「お嬢さん」こそが「鏡」であることになる。また、「私」とは「女＝お嬢さん」の「私そのもの」なのだから、この場合「鏡」と「私」と「お嬢さん」はすべて同一人物ということになる。では詩人はどこにいるのか。もちろん、「恋愛する心理」が詩人なのだ。詩人は愛する女性の背後にその女性の実体（＝物自爾）を見ようとするが、そこには何もない、あなたの本質とは実は空虚にほかならないのだ、愛する人よ、というように。

ここで直ちに思い起こされるのは、『青猫』に頻出する亡霊めいた女性像の数々だろう。ここでは、朔太郎がポオの「リジア」に擬した「浦」のイメージを挙げておこう。

うすい肩かけにからだをつつみ
びれいな瓦斯体の衣裳をひきずり
しずかに心霊のやうにさまよつてゐる。
ああ浦　さびしい女！
「あなた　いつも遅いのね」
ぼくらは過去もない未来もない
さうして現実のものから消えてしまつた。……
浦！

（第一書房版『萩原朔太郎詩集』「猫の死骸」より）

ここに詩人の青年期における恋愛体験（「エレナ」と呼ばれる女性への思慕と失恋、そしてエレナの死）によるオブセッションを見ることは容易だが、ここでは、「お嬢さん」の原イメージの一つ、との指摘のみに止めよう。萩原朔太郎の詩の読者であれば直ちに思い浮かぶはずの幻の恋人のイメージこそが「お嬢さん」の実体である、ということだ。

作品「鏡」の読解を試みてきたわけだが、この作品の独自性はおよそ次のように要約することができる。まず重要な点は、右に全部で五つの読みを試みてきたように、彼の「短詩」がその短さにもかかわらず、あるいは逆にその短さを利用して、多様なイメージと重層的な意味の構築に成功していること。そして次に、そのように多様で重層的な詩空間が生成するのにおよそ十五年の時間を費やしたという事実である。

以上のまとめとして私自身の読みを記すなら、先にあげた「私」とは「お嬢さん」であるという解釈を中心におよそ次のように要約できるだろう。つまり、「鏡」と「私」と「お嬢さん」は詩人の「自我」の全体を表象する三位一体を成していて、それら三者——即自（私）、対自（鏡）、対他（お嬢さん）——が同一空間に構造化されている、ということだ。この場合、即自とは〈詩〉であり、対自とは詩人を映し出す自照的認識つまり〈詩学〉、そして対他とは〈読者性〉、というように置き換えることができる。ここには萩原朔太郎の詩と詩学と読者の関係が巧妙に織り込まれているのだ。そしてこの構造は、はじめから十分に意識されていたのではなく、アフォリズムから詩的アフォリズムへ、さらに散文詩へと、作者自身の認識が深まるにつれて次第に明確になっていったものである。

すでに見てきたように、最初アフォリズムとして発表された時、作品「鏡」はきわめて概念的な「自我」という題名をもつことによって、一元的な意味内容をもつ警句表現と認識されたはずだ。ちょうど昭和初期のモダニズム詩人たちがルナールやコクトーやジャムの影響の下に、謎解き的瞬間芸的「短詩」――その多くは抒情的叙景詩である――を創造したように、萩原朔太郎もまた、彼なりの真理探求法としてアフォリズム的短詩を模索していた。だが、『虚妄の正義』に収録の際、その表現の背後に隠れている深遠かつ微妙な意味作用に気付いた詩人は、その多様性と多義性を強調すべく、題名を「鏡」に変更した。謎解き用のヒント「自我」を隠すことによって、曖昧ながら含みのある詩的アフォリズムへと変容させたのだ。さらにこの一行は、晩年の散文詩集編纂の際にカギ括弧と「自註」が加わることによって、概念的意味内容と象徴的意味表現を併せ持つ統合的作品――つまり散文詩――へと変容することになった。散文の意味内容（概念性）と詩の意味表現（象徴性）が合体してより重層的な詩空間が確立したのである。この変容のプロセスがそのまま、萩原朔太郎最後の詩集『宿命』生成のプロセスと軌を一にするものであることは、もはや言うまでもない。

Ⅱ　宮沢賢治・童話の詩学

——生成テクストの行方

1 『注文の多い料理店』の詩的構造

宮沢賢治は、生涯にわたってただひたすらに、詩の始まりを歌い続けた人だ。「心象スケッチ」も「イーハトーヴ童話」も「少年小説」四作品も、詩の始まりを描出する本質的運動の結実に他ならない。この意味において、彼の作品は全て詩といえる。無論、詩の始まりとは、通時的意義における書き出しのことではない。エクリチュールの根源であるとともに究極でもある始源的なポエジーが、彼の作品の至る所で顕在化している、というべきなのだ。

賢治が「心象スケッチ」と呼んだ方法とは、始源的ポエジーを瞬間のうちに屹立せしめようとする性急な情念のあらわれだった。勿論、瞬間の描出は常に時間の観念とその実体化を伴うものだ。この場合、時間とは運動と同義である。だが、「心象スケッチ」はそれ自体始源的ポエジーの始源にすぎず、これを作品として実体化するためには当然時間的構成が必要となる。詩人は瞬間によるスケッチを時間の軸に沿って変形し彫琢し、また連結し融合することによって、作品世界を少しずつ構築する。こうして構築された世界が彼の詩である。そしてその運動が詩的創造《ポエーシス》である、と（ひとまず）定義しておこう。

賢治の推敲癖はよく知られているが、残された原稿を見れば、それが単なる改変に止まるものではないことは明らかだ。場合によっては、推敲によって全く新たな作品が生じることも稀ではない。賢治にとって推敲とは、それ自体すでに一つの創作行為である。推敲とは、「スケッチ」から「作品」へと至る過程での、執拗なまでの自己読解の行為なのだ。従って、この場合、「作者」はいわば二重の意味において「読者」であることに留意しなければならない。第一に、即自的な自己をまず最初に読み写し取る素描家として、第二に、一旦表現された対自的な自己を解読し作品世界を構築する建築家として、一人の作者の背後には常に二人の「読者」がいることを忘れてはならない。

このような二重の意味での〈読者意識〉が賢治の詩的創造《ポエーシス》の根源にあることは、おそらく間違いない。この意識は、自己形成の倫理ともなり、また、彼の精神の最も深い暗部を照らし出すと同時に、彼の詩の原理ともなっていたように思われる。どのようにすれば、一度凝固しかかった自己像にポエジー本来の力動性を返すことができるのか。言い換えれば、書く行為《エクリチュール》と読む行為《レクチュール》を一致させることができるのか。このような問題系が、詩人宮沢賢治の文学的苦悩の核に常にあったものだ。

宮沢賢治の童話がまず何よりも詩としての性質を持っていることは、すでに多くの評者に指摘されている。「賢治は詩においてよりも童話において一層詩人である」という寺田透の見解は、今なお多くの読者の支持を得ているように思われる。勿論、ここで言う詩とは「詩作品《ポエム》」のことであり、ポエジーそのもののことではない。「詩人」とは必ずしも単に詩作品《ポエム》を書く人ではなく、詩的創造《ポエーシス》を行う人の謂である。つまり、賢治の童話は詩作品《ポエム》以上に詩《ポエジー》としての特質を持ち得ている、ということだ。だが、宮沢賢治のポエジーとは、具体的にいってどのようなものなのか。賢治童話における詩的創造《ポエーシス》とは何を意味しているのか。その内実を検討することが以下の論考の主眼であるわけだが、とりあえずごく簡潔に、次の三点を仮説として提出しておきたい。第一に、彼の童話世界がポエジーの多元性によって成立していること。第二に、賢治の創作行為が書く行為《エクリチュール》と読む行為《レクチュール》の相互作用を物語っていること。第三に、賢治童話の詩《ポエジー》とは生成の力動性そのものであって決して単なる抒情の噴出ではないし、また抽象的な形式美でもない、ということ。

本論では、賢治童話の代表作品を中心に、以上の観点からの詩学的読解を試みたい。宮沢賢治のポエジーを童話作品の中にこそ発見していきたい、というのが当面の最大のテーマと考えている。

＊

宮沢賢治の童話世界は、詩の始源の喩であると同時に、詩人の生そのものの暗喩でもある。ただし、この暗喩は、かつて信じられていたように純朴な聖人としての〈生〉ではなく、極めて意識的な近代知識人の典型的な〈生〉を見出す場合にのみ、成立し得ると考えられる。宮沢賢治は実は途方もない意識家だった。彼の擬装されたイノセンスは、実は透徹した戦略的意図を物語っており、外見上の謙虚さは詩人としての自意識によるポレミックな態度の裏返しに他ならない。童話集『注文の多い料理店』の「序」は、イノセンスを装いつつ一挙に読者を詩の生成現場に引き込もうとする厳密な方法意識の産物だった、といえる。

これらのわたくしのおはなしは、みんな林や野はらや鉄道線路やらで、虹《にじ》や月あかりからもらつてきたのです。

ほんたうに、かしはばやしの青い夕方を、ひとりで通りかかつたり、十一月の山の風のなかに、ふるへながら立つたりしますと、もうどうしてもこんな気がしてしかたないのです。ほんたうにもう、どうしてもこんなことがあるやうでしかたないといふことを、わたくしはそのとほり書いたまでです。

「林や野はらや鉄道線路」というのは「心象スケッチ」の現場を示すものだ。「虹や月あかりからもらつてきた」というのは方法上の無作為性《イノセンス》の表明といえる。月が物語るという発想にはアンデルセン「絵のない絵本」の影響が見出されるだろうが、それ以前に、無作為性《イノセンス》の表明が、神話・伝説・昔話といった叙事文芸全般において、最も一般的な導入のトポスであることを思い浮かべるべきだろう。「虹や月あかり」とは、物語る主体の位置を正当化するためのレトリックであるといっていい。「童話」とは、本来的に物語である以上、虚構のリアリティを保証するための装置を必要とするものである。その装置が「虹や月あかり」といった自然現象であれば、人間的主観を排した客観的事実の伝達という構造――疑似現実《ミメーシス》としての虚構の叙事的構造――は完璧である。さらに、現実を凝視する視線の位置も、人間的時空の限界を超えてより普遍的な世界像を仮構するのに好都合といえよう。要するに、「虹」も「月あかり」も現実と虚構をつなぐ媒体として呈示されているのであって、これが「風」や「巌」であっても、もちろん虚構の人物（例えば「ポラーノ広場」の語り手レオーノ・キュースト）であっても、何ら差し支えはない。

童話集『注文の多い料理店』には、このような虚構の語り手として、様々な媒体が呈示されている。「狼森と笊森、盗森」は人間的時間の眼界を超えた「巌」によって物語られ、「鹿踊りのはじまり」は「風」が運んできた伝説として描かれ、「注文の多い料理店」においては「風がどうと吹く」ことによって展開される幻想世界が物語の中心を占める。「虹」が昼の世界の、「月」が夜の世界の観察者であることを考えれば、昼と夜が対照的な詩空間を構成する「水仙月の四日」においてもまた、擬装された無作為性《イノセンス》は完璧であるといえる。「十一月の山」の中や「かしはばやしの青い夕方」の情景はこのような媒介者の視線を通して活写され、「心象スケッチ」の無作為性《イノセンス》の保証によって虚構のリアリティは確固とした基盤を持つことになる。実に巧妙な舞台装置というべきだろう。

＊

しかし、賢治童話の独自性は、このような舞台設定にのみ拠っているわけではない。虚構のリアリティを支える視線の位置は、媒介者にのみ置かれているわけではないのだ。詩人は、もう一つの視線を作中人物の一人に託すことによって二重の世界像を現前せしめ、真の内的リアリズムを創出する。例えば「鹿踊りのはじまり」では、鹿たちが歌い踊る場面を観察する人物、嘉十を通して叙景と抒情の融合が図られ、自然と人間との交感が暗示されている。「狼森と笊森、盗人森」では、四人の農夫とその家族の生活が内側から活写されることによって、自然と人間との交感がより濃密なリアリティに支えられている。

「どんぐりと山猫」の一郎、「月夜のでんしんばしら」の恭一なども、より人間的な視点に立つものとして、作品のリアリティを内側から支えているといえるし、「水仙月の四日」における雪童子の心情描写についても同様だろう。賢治童話の特質は、このような登場人物の描写が「虹や月あかり」に照射されることによって多彩な詩空間を形成している点にある。

嘉十はにはかに耳がきいんと鳴りました。そしてがたがたふるへました。鹿どもの風にゆれる草穂《くさぼ》のやうな気もちが、波になつて伝はつて来たのでした。

嘉十はほんたうにじぶんの耳を疑ひました。それは鹿のことばがきこえてきたからです。

（「鹿踊りのはじまり」）

鹿のことばが聞こえてくるという超自然現象は、嘉十の疑い――人間的視線によるリアリズムの表出――に支えられることによって、はじめてファンタジーとして成立することになる。嘉十が「がたがたふるへ」て「じぶんの耳を疑」うという叙述は、この物語の本来の媒介者である「風」の視点からではなく、現実存在としての読者の反応を巧妙に先取りした登場人物の視点から描かれている。嘉十は、いわば作者が作品世界に送り込んだ〈読者性〉という名のスパイなのだ。このスパイは、作品の中で虚構の人物として振る舞いながら、作者の〈読者性〉を具現する人物として、我々読者の〈読み〉の方向を決定付ける働きを担っている。

「あらゆることが可能である」（『注文の多い料理店』広告文）ドリームランド、イーハトーヴにおいては、あらゆる人間的疑惑に対する答も用意されていなければならない。なぜなら、この疑惑に答えることによって、ファンタジーは初めて物語としてのリアリティを持ち得るからである。「鹿踊りの始まり」の冒頭部分は、人間的疑惑に対して予め用意された解答として読まれ得る。

そのとき西のぎらぎらのちぢれた雲のあひだから、夕陽《ゆふひ》が赤くなゝめに苔《こけ》の野原に注ぎ、すすきはみんな白い火のやうにゆれました。わたくしが疲れてそこに睡《ねむ》りますと、ざあざあ吹いてゐた風が、だんだん人のことばにきこえ、やがてそれは、いま北上《きたかみ》の山の方や、野原に行はれてゐた鹿踊《ししをど》りの、ほんたうの精神を語りました。

この物語が「風」によって「わたくし」（作者）に伝えられた、という設定は、作者自身がすでにひとりの〈読者〉であることを示している。主人公嘉十は、語り手「風」と聞き手〈作者／読者〉を連結する〈原－読者〉であると同時に〈作者〉と〈読者〉の媒体として擬人化された「風」の役割をも担っている。だからこの作品における主人公の役割とは、二重の意味で〈読者性〉を持つものなのだ。一方では作者自身の〈読者性〉の喩として、他方では我々読者の代表として、嘉十は読者意識の二重性を体現していると言える。

　登場人物に見られるこのような二重性とは、勿論、作者自身の読者意識の二重性を表している。「巨きな愛の感情」（『注文の多い料理店』広告文）が伝達可能なのは、作品のリアリティが作者自身の二重の読者意識に支えられているからだ。「それから、さうさう、苔《こけ》の野原の夕陽の中で、わたくしはこのはなしをすきとほつた秋の風から聞いたのです」という作品末尾の言葉は、冒頭の一節と結び付き、書く行為《エクリチュール》の無作為性《イノセンス》を擬装しつつ、極めて意図的な読む行為《レクチュール》の作為性《コンシアンス》を示しているのである。

　作品のリアリティを内側から支える〈読者〉の役割は、童話集の冒頭作品「どんぐりと山猫」の書き出しにおいて、すでに明示されている。

　をかしなはがきが、ある土曜日の夕がた、一郎のうちにきました。

　かねた一郎さま　九月十九日

　あなたは、ごきげんよろしいほで、けつこです。

あした、めんどなさいばんしますから、おいでんなさい。とびどぐもたないでくなさい。
山ねこ　拜

たぐいまれなユーモアに満ちたこの「はがき」（＝招待状）には、実は、作者からの重要なメッセージとともに巧妙な構成意図が込められている。この招待状が〈読者〉の代表である主人公（ここでは一郎）に宛てられていることから見て、その意図は明らかだろう。要するに、書物の冒頭で一気に、読者を作品世界に引き込もうという意図が、明らかに読み取れるのだ。我々読者は、一郎と共に、あるいは一郎になって、エクリチュールの内部へと誘われているのである。しかも、単なる傍観者としてではなく、「めんどなさいばん」の協力者として、ということは意識的な〈読み《レクチュール》〉の実践者として、読者は「作者に未知な絶えざる驚異」（『注文の多い料理店』広告文）の世界に導かれている。無論、作者自身もまた、ここでは一人の〈読者〉に他ならない。

＊

賢治童話における擬装されたイノセンスとは、例えば次のような作者からのメッセージにも如実に読み取られるものである。

ですから、これらのなかには、あなたのためになるところもあるでせうし、ただそれつきりのところもあるでせうが、わたくしには、そのみわけがよくつきません。なんのことだか、わけのわからないところもあるでせうが、そんなところは、わたくしにもまた、わけがわからないのです。

（『注文の多い料理店』「序」）

「あなたのためになるところ」と「ただそれつきりのところ」との間にあえて境界を設けない、という叙述態度は、一歩間違えば作家としての責任放棄《ノンシャランス》としか思われかねない危うい均衡の上に成り立っている。宮沢賢治はここで、殆ど不可知論の寸前にまで踏み込んでいるかのようだ。このように執拗なまでのイノセンスの強調が、無意識のままに行われるなどということは決してありえない。それどころか逆に、きわめて意識的な自己読解による責任敢取《アンガージュマン》の姿勢が、賢治童話の世界に一貫して保たれていることに注目すべきだろう。賢治にとって童話とは、自らの〈幼児性〉に対する責任敢取《アンガージュマン》の文学と考えられていた。彼の童話は「どんなに馬鹿げていても、難解でも必ず心の深部に於て万人の共通である」（『注文の多い料理店』広告文）ような世界であり、それはまた、「卑怯な成人たちに畢竟不可能な丈である」（同）と明言するに足るだけの確信を伴うものだった。

　宮沢賢治のイノセンスとは、このように明晰かつ強靭な自意識によって擬装されたイノセンスであり、「みわけがつきません」という（表面上の）責任放棄《ノンシャランス》もまた「卑怯な成人たち」に対するポレミックな叙述態度として、責任敢取《アンガージュマン》の姿勢を積極的に表明したものと見るべきだろう。「なんのことだか、わけのわからないところ」というのもまた、イノセンスを装いつつ作品の幻想性（虚構のリアリズム）を強調した表現と読むべきだろう。「わたくしにもまた、わけがわからないのです」というトートロジーもまた、作品の幻想性が写実性と分かち難く結び付くことによって完全な虚構を構築している、という自負の表明と読まれるべきだ。事実、賢治の作品世界は、既に述べたように、作者自身の〈読者性〉を前面に押し出すことによって多様な詩空間——詩的創造の多元論——を創出している。『注文の多い料理店』の「序」は、このような独自の文学世界を企てた詩人の、批評精神に溢れた詩学序説として読むことができるのだ。

吉本隆明は、「わたしたちが詩とか童話とかいう意味での区別は、かれにとってはそれほど重要ではなかった。とにかくある未知の構想の言語へいつも貌をむけていることが大切だった」と述べているが、この「未知の構想の言語」こそ、より根源的な意味でのポエジーの本質であり、詩的創造《ポエーシス》が貌を向けるべき唯一の地点ではないだろうか。賢治童話におけるポエジーは、詩の生成を促す力動性としてのみ捉え得るものであり、固定され静止したイメージとして把握されるべきものではない。賢治自身、このことは十分意識していたと考えられる。彼が追求した〈四次元芸術〉とは、端的にいって、詩的力動性をそのまま作品として屹立せしめんとする多元論的芸術のことではないだろうか。彼は「農民芸術概論綱要」の中で次のように書いている。

　四次元芸術は静芸術に流動を容る。

宮沢賢治が自分自身の「静芸術」である「心象スケッチ」にどのような形で「流動を容る」ことができたのか、その諸相を明らかにすることが、彼の〈四次元芸術〉の本質を捉えるための最も有効な手段ではないだろうか。

*

『注文の多い料理店』は、賢治が生前に発刊した唯一の「童話集」である。その重要性の多くは、まず何よりも、各作品の完成度と彫琢度に帰せられるものだが、詩的創造《ポエーシス》の観点からしてより重要な点は、九つの作品を一冊の書物にまとめるにあたって作者が払った構成上の配慮にある。私がここで問題にしたいのは、この「童話集」に見られる、一冊の「詩集」を編む際の詩人と同種の配慮のことである。

現存する賢治の覚書(「童話類集メモ」と呼ばれる)は、『注文の多い料理店』以外にも童話集刊行の意図があったことを明かしており、「動物寓話集」「村童スケッチ」「童話的構図」「花鳥童話集」等の項目の下にかなりの数におよぶ作品が分類整理されている。今日、賢治童話の代表作とされる「少年小説」四作品もまた、このような分類項目の一つにまとめられていて、特に注目されるものである。これらのメモは、おもに、晩年の賢治がそれまでの諸作品を体系的に整理しようとした企画の名残と考えられるのだが、作品群についてのこのような構成上の配慮が、実はごく初期の頃から作者の脳裏にあったことを、『注文の多い料理店』の配列は物語っているようなのだ。

『注文の多い料理店』に収録された九作品の配列が、いくつかの原案を経た後に現在のかたちに落ち着いた経緯については、比較的よく知られている。それらの原案の代表例と最終案とを比較することによって、作者の構成意図を推察してみたい。あるいはこの試みによって、一冊の書物がもつ詩的世界の意味が明らかになるかもしれない。というのも、一冊の書物の構造は、とりわけ詩人にとって、彼の世界観そのものであるからだ。

例えば、九作品の配列に関する原案の一つは、次のようなものだった。

「目次一」1、山男の四月　2、水仙月の四日　3、月夜のでんしんばしら
「目次二」4、鹿踊りのはじまり　5、どんぐりと山猫　6、烏の北斗七星
「目次三」7、注文の多い料理店　8、かしはばやしの夜　9、狼森と笊森、盗人森

まず目につくことは、九作品が三つのグループに分類され、各グループには何らかの意味で同系列とみなされる作品が集められている、ということだ。厳密な検討過程は省略して重要な点だけを概略するなら、「目次一」は典型的なファンタジー系列に属するもの、「目次二」は動物寓話と呼ぶべきアレゴリー系列のもの、「目次三」は叙事的構造の著しい物語系列のもの、といった特徴が挙げられる。つまり、この原案において賢治は、主題や方法の統一性あるいは一貫性を狙っており、一冊の書物の体系的組織性を意図していた、と推測される。

これに対して、最終案では事情は一変することになる。まず三グループによる分類が排され、九作品は次のように並べられることになる。

序
どんぐりと山猫
狼森と笊森、盗森
注文の多い料理店
烏の北斗七星
水仙月の四日

山男の四月
かしはばやしの夜
月夜のでんしんばしら
鹿踊りのはじまり

原案では五番目と四番目に並んでいた「どんぐりと山猫」と「鹿踊りのはじまり」が、最終案では冒頭と末尾に分かれている点が注意を引くが、これは既述したように、詩人の読者意識の深化の結果と考えられる。一郎に宛てた招待状は一冊の書物の〈世界〉への案内状でもあったわけだ。末尾を飾る「鹿踊りのはじまり」については後述するとして、ここではもう一つの重要な事実として、九作品の配列法における統一性から多様性への転換に注目してみたい。

原案において一旦類別された作品群に何らかの体系的意図が働いていたのに対して、最終案においては同系列に属するとみなされる作品がほとんど完全に分散してしまっている。原案での分類による同系列作品は、最終案ではほとんど相接していないのである。その結果、一つの作品から次の作品へと読み進む過程において、読者は全く色調の異なった世界を転々とすることになり、あたかも迷路をさまようかのように、多彩な物語空間を経験する仕組になっている。たとえば、都会文明に対する反感をモチーフとする「注文の多い料理店」のアイロニカルな叙事世界から「烏の北斗七星」における詩人の心情吐露というべき抒情的な寓話世界へ、更には「水仙月の四日」の色彩感と躍動感が交錯するファンタスティックな散文詩の世界へ、といった移行は原案の「目次三」から「目次二」を経て「目次一」へ、という移行と合致するものであり、一旦組み上げた体系を敢えてばらばらに突き崩そうという積極的意図によると見るほかないだろう。最終案における配列法は、一冊の書物がもつ多様な性質を最大限に活用すべく、厳密に考慮された結果なのである。文体や自然描写の方法や登場人物の性格付けといった点から見ても、可能な限り単調を避け作品から作品への移行を力動的なものにしようという配慮があったことは、容易に推測される。一言でいえば、九作品の配列に関する限り、原案における統一性と体系性に対して最終案では多様性と力動性が際立っている、ということになる。

そしてまた、この最終案が、結果として、ほぼ作品の制作年月日の順に即していることに注目すれば、賢治の創作活動が本来、統一性よりも多様性を重んじる傾向にあったこと、言い換えれば、多様な世界観を同時に抱きつつ自らの文学世界を描出していったことがわかるだろう。最初に書かれた三作品が巻末に置かれたのもまた、詩的創造本来の多様性と力動性をいっそう強調するための方策とみなされる。無論、多様性とは、決して無秩序のことではない。賢治童話の多様性とは、詩的言語の多様性に照応しつつ詩の多元論の構築をめざすベクトルをもっていた。

およそ以上のような意味合いにおいて、一冊の「童話集」とは、一冊の「詩集」と同様に、それ自体ひとつの作品であり、ひとつの世界である。宮沢賢治は、自分自身の詩的宇宙を一冊の多様な作品集に編むことによって、詩《ポエジー》の多元化という方向を打ち出すことができた。このベクトルは、やがて「少年小説」四作品における生成の力動性と相俟って、彼独自の「四次元芸術」の実現へと更に加速していくことになる。

＊

童話集『注文の多い料理店』が詩の多元論を構築しているというのは、九作品の配列にのみあてはまることではない。各作品の内部構造もまた、多様性と力動性において独自の詩的多元論を構築している。例えば「どんぐりと山猫」は、リフレインの多用、オノマトペによる音響効果、自在な転調、といった音楽的表現によって、まるでモーツァルトのディベルティメントのように、軽快にして力動的な詩の多元論を実現している。光と風と音による場面転換の自在さなどは、まさに音楽用語でいう「転調」そのものといっていいだろう。また、「注文の多い料理店」の場合、六つの扉の裏表に書かれた「注文」の両義性が二人の紳士によるかけあい漫才のような対話を引き起こし、決まって合理的解釈（気休め的解釈）へと収斂していく、といったワンパターンが、いわばボレロ的繰り返しによって次第に調子を高めクレッシェンドで破局へと昇りつめていく。ここでもやはり、詩的構造の特質である音楽的力動性がみられるのである。更に、「かしはばやしの夜」にいたっては、作品そのものが詩の生成の現場をとらえた「心象スケッチ」であり、全編が「巧まずして一種の詩歌論となるのは当然」（天沢退二郎）とさえ言い切ることができるほどだ。「鬱金しやつぽのカンカラカンのカアン」と「赤いしやつぽのカンカラカンのカアン」という二つの歌のかけ合いによる農夫清作と奇妙な画かきとの出会い、という詩的交感のモチーフに始まって、柏林の歌合戦の描写、清作と柏の木大王の対立と共感のリフレイン、視覚、聴覚、嗅覚の照応による情景描写の宇宙的拡がりなど、全編が詩的要素にあふれているだけでなく、清作という〈読者〉を作品世界に参加させることによって成立する音楽的力動性と多様性において、まさしく詩のポリフォニーと呼ぶべき多彩な詩空間が出現しているのである。

だが、賢治童話がポリフォニックな詩空間であることを最も端的に示す作品は、何といっても「水仙月の四日」ではないだろうか。この作品は全体が昼－夜－昼の三部構成となっており、昼の部分が自然描写を中心とする色彩感にあふれた抒情的叙景を、夜の部分が登場人物の行動を中心とする躍動感にあふれた叙事的叙景を構成し、これら二つの対照的な詩情が全体として鮮やかなポリフォニーを醸し出しているのである。

例えば、太陽の光に照らされた雪の世界は、次のように色鮮やかに活写されている。

雪童子はまつ青なそらを見あげて見えない星に叫びました。その空からは青びかりが波になつてわくわくと降り、雪狼どもは、ずうつと遠くで焔《ほのほ》のやうに赤い舌をべろべろ吐いてゐます。

この叙景がそのまま抒情詩として成立していることは明らかだろう。超自然の世界に属しながら自然界における人間の子供との交感に憧れる雪童子の孤独な姿は、後の「風の又三郎」を彷彿させるもので、詩人自身の孤独の影がいやおうなくつきまとっているように感じられる。雪童子にとって「昼」とは星の欠如でしかなく、「夜」とは太陽の欠如でしかない。この欠如感が詩人の孤独の根源である、と見ることは、決して深読みでも短絡でもない。詩人の対他的自意識は、雪童子の孤影に示されるような本質的欠如感を先験的に帯びているものなのだ。

手に持っていたやどり木を通りかかった子供に投げつける、というささやかな働きかけによって、雪童子は子供とのかすかな結び付きを求める。ただし、これは雪童子からの一方的交感にすぎない。この構図は、「銀河鉄道の夜」におけるジョバンニからカムパネルラへの交感願望と同様だ。これに対して、昼の場面での「子どもは、やどり木の枝をもつて、一生けん命にあるきだしました」という叙述は、後の夜の場面での「あのこどもは、ぼくのやつたやどりぎをもつてゐた」という雪童子のつぶやきに呼応し、昼と夜の二つの世界をつないでいる。このかすかな一本の線のみを別として、昼と夜の世界はみごとなまでの対照を描いていく。夜の世界は昼の世界と断絶し、色彩をいっさい排した影絵のような世界がくりひろげられるのである。静かで穏やかだった銀世界は、日が沈み風が吹き「雪婆んご」が登場することによって一挙に激烈な場面へと転換することになる。

雪婆んごの、ぼやぼやつめたい白髪《しらが》は、雪と風とのなかで渦になりました。どんどんかける黒雲の間から、その尖《とが》つた耳と、ぎらぎら光る黄金《きん》の眼も見えます。

西の方の野原から連れて来られた三人の雪童子も、みんな顔いろに血の気もなく、きちつと唇を嚙《か》んで、お互挨拶《あいさつ》さへも交はさずに、もうつづけざませはしく革むちを鳴らし行つたり来たりしました。もうどこが丘だか雪けむりだか空だかさへもわからなかつたのです。聞えるものは雪婆んごのあちこち行つたり来たりして叫ぶ声、お互の革鞭《かはむち》の音、それからいまは雪の中をかけあるく九疋《く》の雪狼どもの息の音ばかり、そのなかから雪童子はふと、風にけされて泣いてゐるさつきの子供の声をききました。

ここで、昼の極彩色の風景は跡形もなく消失し、雪童子たちの顔色さえ「血の気もなく」凍りつき、ただ一つ色彩を放つ雪婆んごの黄金色の眼さえ、かえって色彩の欠如をいっそう印象づける効果を狙っているかのようである。このモノトーンの世界には、そのかわりに、登場人物たちによる躍動感にみちた行動の活写があり、それによって昼の世界とはまったく異なった劇的な叙事詩が展開されている。雪童子は、雪婆んごの命令に従って、先に見つけた子供を殺さなければならないのだが、何とか命を救ってやる方法はないものかと、必死の策略を案出する。子供に体当りする演技を続けながら雪婆んごの目を盗んで子供との交信を試みる雪童子の奮闘ぶりには、叙事詩特有の躍動的生命感の迫力が如実にあらわれている。

「おや、をかしな子がゐるね、さうさう、こつちへとつておしまひ。水仙月《すゐせんづき》の四日だもの、一人や二人とつたつていゝんだよ。」

「えゝ、さうです。さあ、死んでしまへ。」雪童子はわざとひどくぶつつかりながらまたそつと云ひました。

「倒れてゐるんだよ。動いちやいけない。動いちやいけないつたら。」

狼《おいの》どもが気ちがひのやうにかけめぐり、黒い足は雪雲の間からちらちらしました。

「さうさう、それでいゝよ。さあ、降らしておくれ。なまけちや承知しないよ。ひゆうひゆうひゆう、ひゆひゆう。」雪婆んごは、また向ふへ飛んで行きました。

子供はまた起きあがらうとしました。雪童子は笑ひながら、も一度ひどくつきあたりました。

登場人物たちの行動が次々と活写され、一人一人の動きが手にとるように伝わってくる。雪童子は超自然界と人間界の葛藤を一身に背負いながら、懸命に子供との交信を試みる。一本のやどり木の枝に託された熱い願望は、子供がその枝を放さずに持っていたことで成就され、「ちよつと泣くやうに」する、という控え目な歓びの描写であらわされている。この控え目な歓びの表現は、そのつつましさのためにかえって強烈に、この場面の力動性を印象づける働きをしているようだ。また同時に、昼の部分の抒情的描写を思い起こさせるという働きもしている。この瞬間、読者は全く対照的な二つの情景を同時に目のあたりにすることになり、詩の多元論と呼ぶべき鮮やかなポリフォニーを体験する。やがて雪婆んごは去って行き、「東のそらが黄ばらのやうに光り、琥珀いろにかゞやき、黄金《きん》に燃えだし」、昼の世界が戻ってくると、雪童子は雪狼に命じて赤い毛布の端が見えるまで雪を取りのけさせる。雪童子は子供にそっと囁きかける。

「お父さんが来たよ。もう眼をおさまし。」雪わらすはうしろの丘にかけあがつて一本の雪けむりをたてながら叫びました。子供はちらつとうごいたやうでした。そして毛皮の人は一生けん命走つてきました。

この短いながら印象的な終結部《コーダ》は、賢治童話の余韻を最も端的に示すものだ。子供はたしかに救われただろうという読者の推測は、「ちらつとうごいたやうでした」という曖昧な語りによって、ついに推測のままとり残され、一抹の不安を抱かせながら作品は終わる。遠くから走り寄る父親の姿はまるで映画のラストシーンのようであり、雪童子の孤影とともに、抒情的な幕切れを演出している。作品全体の抒情－叙事－抒情の構図は完全な円環を描き、イメージのポリフォニーがその構成美によって読者を魅惑するのである。

＊

宮沢賢治の童話の大きな特徴の一つは、どの作品においても終結部が深い余韻を響かせていることだ。一般に童話にありがちな単純なハッピーエンドというのは、賢治童話では全く見当たらない。まったくの未完に終わった作品は別として、全作品の終結部を見れば賢治が作品の末尾にはらった注意深い配慮——詩的言語による多元性への意志——が読み取られるはずである。例えば、童話集『注文の多い料理店』の巻末に置かれた「鹿踊りのはじまり」の終結部は、作品の末尾であるとともに作品集の末尾でもあるという二重の意味において、賢治童話の独自性を如実に示すものである。

鹿《しか》はおどろいて一度に竿《さを》のやうに立ちあがり、それからはやてに吹かれた木の葉のやうに、からだを斜めにして逃げ出しました。銀のすすきの波をわけ、かゞやく夕陽《ゆふひ》の流れをみだしてはるかにはるかに遁《に》げて行き、そのとほつたあとのすすきは静かな湖の水脈《みを》のやうにいつまでもぎらぎら光つて居りました。

そこで嘉十《かじふ》はちよつとにが笑ひをしながら、泥のついて穴のあいた手拭《てぬぐひ》をひろつてじぶんもまた西の方へ歩きはじめたのです。

それから、さうさう、苔《こけ》の野原の夕陽の中で、わたくしはこのはなしをすきとほった秋の風から聞いたのです。

鹿たちが逃げ去ったすすきの野原には、鹿たちと一刻の交感を持ち、そして結局は交感しそこねた嘉十の心情が満ち溢れており、たとえようのない寂寥が漂っている。我々読者もまた、この嘉十であり、「じぶんもまた」歩き始めるしかないのだが、その行く先はただ「西の方」としか示されず、曖昧な不安を覚えずにはいられない。「どこまでも」行くと称しながら結局どこにも行くあてのなかった銀河鉄道のジョバンニのように、詩《ポエジー》には終わりなどあるはずもなく、詩人は（そして読者は）ただひたすら歩き続けるしかないことを、我々は認識せざるを得ないのだ。
しかし、それでもなお、一冊の書物は一つの世界として完結しなければならない。「すきとほつた秋の風からきいた」という物語の設定は、この作品の冒頭部分と呼応しつつ、「序」における「虹や月あかり」からもらってきたという宣言に連結し、二重の円環が完成したことを告げている。一つには「鹿踊りのはじまり」という作品の内部における円環として、そしてもう一つは『注文の多い料理店』という一冊の書物の内部における円環として、この多様な詩空間の構成はみごとに一つの統合的世界観を表出し得ている。要するに、この終結部《コーダ》は、一冊の書物が一つの経験として終焉したことを告げているのだ。

このように完成した円環はまた、しかし、開かれてもいる。「鹿踊りのはじまり」という題名自体が、はじまりによるおわりを暗示しているように、「十二巻のセリーズ」（『注文の多い料理店』広告文）の「はじまり」としての作品集の位置付けが、ここで宣言されてもいるのである。

以後、宮沢賢治のエクリチュールは、より根源的な〈生〉と結びつきながら詩的創造《ポエーシス》の力動性をより透徹した自意識によって体現していくことになる。だが、彼の詩《ポエジー》は、生前ふたたび一冊の書物になることはなかった。発表の機会がたまたまなかったことには、さほど重要な意味はない。それよりむしろ、詩人の創作活動が持続的な未完状態というかたちをとることによって詩的創造《ポエーシス》の力動性を保ち続け、その結果として「四次元芸術」とも呼ばれる超時間的書物が我々に残されたことを、大変な幸運としなければならない。あえて断言するなら、真の意味での一冊の書物を求めて逡巡を続けた賢治の詩的創造《ポエーシス》の結実が、永遠の未完という超時間的形態をとることによって、「四次元芸術」の本質を否応なく示している、ということなのだ。

2 ベンネンブドリの肖像

賢治童話の集大成というべき四作品――「グスコーブドリの伝記」「ポラーノの広場」「風の又三郎」「銀河鉄道の夜」――は、いずれも、ごく早い時期に初期形あるいは先駆形が構想され、それが長い年月の間に改稿・加筆・削除といった変形を経て最終稿にたどり着いた、という点において、共通のパターンを示している。賢治自身、これら四作品を「童話類集メモ」の中で、「長編」または「少年小説」の名の下に一括しており、なんらかの統一性に貫かれたものと認識していたようだ。だが、これら四作品は、百篇以上を数える賢治童話の中でも際立った傑作という点では一致しているものの、共通点よりはむしろ対立点の方が目立ち、少なくとも最終稿を見る限りでは、四作品に一貫した中心主題を見出すことはきわめて困難と言わざるをえない。これら四作品は、それぞれが独自の世界を形成し、相侵さない自立した存在として企図され構築されたと考える方が自然なのだ。

しかしまた一方では、これら四作品は、最初から独自の世界として成立していたわけではなく、相接する発想を起源とし、いくつもの主題を共有しつつ生成発展し、しだいに現在あるようなかたちに姿を変えていった、という事実にも注意を払わなければならない。これら四作品の成立過程は、幸いなことに、筑摩版『校本全集』のおかげで一般読者にも克明に辿ることができる。詳しい検討は少しずつ行うことにして、まず注目したいのは、相対立しつつ交感し合う四つの作品世界が次第に姿を変えつつ生成していく運動そのものの中に垣間見られる詩的創造《ポエーシス》の一貫性であり、詩人の自己認識の深化に伴う一種の構造化作用である。予め要約して言うなら、これら四作品は最終形態において相対立する世界を描いてはいるが、その生成運動のありかたにおいては見事に一致しているのだ。「少年小説」四作品は、物語世界としては相対立しながら詩世界《ポエジー》として一貫している、と言い換えてもいい。ここでは、まず「グスコーブドリの伝記」と「ポラーノの広場」に注目して、「イーハトヴ童話」における諸主題の相互性を検討してみたい。敢えて予断を記すなら、賢治童話の詩的理念が、その相互性の中から浮かび上がるはずである。

*

童話集『注文の多い料理店』が〈読者性〉の導入によって詩の多元論を構築していることは、既に前章で述べた。『注文の多い料理店』の場合、作者は自らの「心象スケッチ」の読者となって、つまり自分自身の記述《エクリチュール》に読解《レクチュール》を重ね合わせることによって、多様な作品世界を編み上げていったことがわかる。「作者」とは二重の意味で「読者」でもあり、「作品」は作者自身の〈読者性〉と我々読者の〈読み〉という二重の読解《レクチュール》によって始めて成立するものであることを、賢治童話の詩学は示唆している。しかし、『注文の多い料理店』においてこの詩学は、主に短編作品を一冊の書物にまとめる段階において活用されているにすぎず、未だ詩人の〈生〉自体の表出とはなり得ていない。詩人自身の〈生〉の多様性を表出するためには、より力動的な生成運動が必要だったのだ。

「少年小説」四作品は、何よりもまずその生成運動の力動性において、詩人の〈生〉の自己表出とみなされるべきだろう。「求道すでに道である」（「農民芸術概論綱要」）という宣言は、倫理上のというよりはむしろ、詩的理念の表明としてこそ理解されなければならない。もともと力動的流動的である詩的創造《ポエーシス》には「悟り」はなく、常に変容のエネルギーが要請されている。この意味において、一つの作品には実は始めもなく終わりもない。強いて〈始め〉を求めるなら、それは詩人の自己意識がはじめて〈ことば〉に出会った瞬間にほかならないだろうし、また〈終わり〉を求めるなら、それは詩人の生が終わった時点で残されたエクリチュールということになるだろう。だが、これらは決して真の〈始め〉でもなければ〈終わり〉でもない。なぜなら、エクリチュールが常に〈読み《レクチュール》〉によって成立するものである以上、そして複数の読者による何通りもの〈読み《レクチュール》〉が――詩的言語の多義性は常に複数の〈読み《レクチュール》〉を要請するのだから――可能である以上、詩人の死後においてこそ多数の〈作品〉が生成し得るからである。無論、詩人はこれら無数といっていいほど多くの〈読み《レクチュール》〉にある一定のベクトルを与えることはできる。だからこそ、詩人自身の〈読者性〉は重要な意味を担うことになる。宮沢賢治の「少年小説」は、無数の〈読み《レクチュール》〉に詩的秩序を与えるべき〈読者性〉がエクリチュールに内包されることによって成立した〈生成テクスト〉の典型であり、その力動性ゆえに詩の始源と究極とを同時に示唆している、と言えるのである。

＊

よく知られているように、「グスコーブドリの伝記」の草稿には、少なく数えても三つの層が存在する。即ち、先駆形「ペンネンネンネンネン・ネネムの伝記」、初期形「グスコンブドリの伝記」、それに後期形「グスコーブドリの伝記」である。これに「ペンネンノルデはいまは居ないよ」に始まる創作メモや「ネムの伝記」ともいうべき作品構想の可能性などを加えれば、この作品の生成過程に見られる複雑さは、宮沢賢治の全作品の中でも特に顕著な例と見ることができる。しかも、こうしたテクストの複数性——なんならクリステヴァの用語に倣って「間テクスト性《アンテルテクスチュアリテ》」と呼んでもいい——は、単にその生成過程が複雑であるという事実においてだけではなく、各々の層が独自の世界像を主張しつつ同化と異化を繰り返すことによって力動的かつ構造的な作品世界を実現し得ている、という点において、まさに宮沢賢治の生成テクストの極限を示していると見ることができる。まずはその実例を挙げてみよう。

①「まあ、クエクや。よく帰っておいでだね。まあ、お前はわたしを忘れてしまったのかい。あゝなさけない。」

ネネムは少し面くらひましたが、ははあ、これはきっと人ちがひだと気がつきましたので急いで云ひました。

「いゝえ、おかみさん。私はクエクといふ人ではありません。私はペンネンネンネンネン・ネネムといふのです。」

（「ペンネンネンネンネン・ネネムの伝記」）

② するとは紳士ははじめて気がついたやうにけげんさうにブドリの顔を見てゐましたが

「なんだ、きみはヒームキアのネネムではないのか。」

と云ひました。

「えゝ、ぼくはブドリといふんです。」ブドリはびくびくしながら答へました。

「ブドリ？　奇体な名だねえ。わたしはきみを山案内人のネネムと間ちがへたんだ。うしろかたちがあんまりそっくりだったもんだからね。（……）」
（「グスコンブドリの伝記」）

③ブドリはもぢもぢしながらその椅子に座りました。するとその年老った人は名刺を出して「私はかういふものです。こんどあなたに手伝って貰ふことになりました。どうかいっしょにはたらいて下さい。」と云ひました。ブドリはこはごは名刺をとって見ますとイーハトーヴ火山局技師ペンネンネームと書いてありました。ブドリはぎくっとしました。
（「グスコンブドリの伝記」）

④するとと局長は「では」と云ひながら一枚の白い紙を渡しました。見ると、グスコンブドリ、イーハトーヴ火山局助手心得を命ず、と書いてありました。ブドリはしばらくぼんやりしてそれから何か眼が熱くなって泣き出しさうになりました。
（「グスコンブドリの伝記」）

⑤「あなたが、グスコーブドリ君ですか。私はかう云ふものです。」と云ひました。見ると、イーハトーブ火山局技師ペンネンナームと書いてありました。
（「グスコーブドリの伝記」）

これらのパラディグムは何を意味しているだろうか。一言でいうなら、テクストの生成過程がそのまま（完成された作品＝現象テクストのそれとは異なった位相において）ひとつの「物語」をなすような、ある種のメタ＝フィクションの可能性——原記号態《セミオティック》のセリーによる物語の顕現——を示している、ということになるのではないだろうか。いや、もっとわかりやすく（むしろ繁雑ないいかたになるだけかもしれないが）、作者宮沢賢治がついに作品としての「物語」に封印し切れなかった彼自身のアイデンティティ獲得の軌道、というモチーフを、「物語」のストーリーを超えた（あるいは潜った）位相において如実に物語るパラディグムの連鎖、というべきかもしれない。

試みに、引用の①〜⑤を、範列↓統辞の変換によってひとつの「物語」に組み換えてみよう。

ネネムは「クエクや」と呼ばれたことに少し面くらいましたが、人ちがいだろうと思って「私はネネムです」と答えました。すると紳士ははじめて気がついたように「なんだ、きみはネネムではないのか」といいました。「ええ、ぼくはブドリというんです」ブドリはびくびくしながら答えました。するとその年老いた人は名刺を出して「私はこういうものです」といいました。ブドリはこわごわ名刺を見ますと「ペンネンネーム」と書いてありました。ブドリはぎくっとしました。次に局長が白い紙をわたしました。見ると「グスコンブドリ」と書いてありました。ブドリは泣き出しそうになりました。ペンネンネームが「あなたがグスコーブドリ君ですか。私はこういうものです」というので見ると「ペンネンナーム」と書いてありました。今度はブドリはぎくっとしませんでした。

最後の一文を除けば、あとは（かなづかいや文末表現等のほかは）ほぼ原文のままである。無論、このような変換＝置換は読者にのみ与えられた特権（暴挙）であって、作者のまったく与り知らぬ仮像の創出（でっちあげ）にすぎない、といってしまえばそれまでである。だが、こうした仮像が暗示している宮沢賢治の実像にこそ、この「作品」の生成原理が秘められている。たとえば、この変換文にあらわれるおびただしい人名の連鎖に注目してみよう。

最初（引用①）主人公（賢治のアルカイックな自己像）は「クエク」と呼ばれるが、彼は直ちに否を発し「私はネネムです」と答える。ここには、自己を自己として疑わない、それゆえにまた無自覚的なままの、徹底したノンシャランスの中に眠る作者のアイデンティティが垣間見えている。次に（引用②）、「きみはネネムではないのか」と問われ、びくびくしながら「ええ、ぼくはブドリというんです」というのは、だれでもが経験するはずの最初の疑念、自己への最初の疑惑のあらわれと見ることができる。少年はだれでも、自分の名をなのることへのこうした脅えを、いつか必ず体験するはずである、いわば自身が世界に存在することへの脅えとして。したがって、少年は他者の「なのり」にたいしても同様の脅えを抱くようになる。ブドリが「こわごわ」名刺をとる（引用③）のは他者の「なのり」――命名――への脅えのあらわれであり、逆に、自分の辞令を受け取って「泣き出しそうに」なる（引用④）のは自己命名に対する畏怖のあらわれと見ることができる。だが、こうして自己－他者の命名というイニシエーションを経た少年は、今ではすでに半ば大人の世界に己の地歩を築きつつあるがゆえに、もはや「こわごわ」なのりを受けたり「ぎくっと」して狼狽することもなくなっている（引用⑤）。つまり、今では彼は、現実を冷静かつ客観的に（とりあえずにせよ）受け入れることのできる「青年」に成長している、といっていい。ただし、「青年」は未だ「大人」ではない。彼はまだ「大人」の世界の入り口に立ったばかりである。

このパラディグムの連鎖に見られる「物語」とは、こうした自己形成の経緯を「命名行為」という主題によって象徴的に映し出す鏡なのであって、ここに映し出されている仮像の人物が作者宮沢賢治そのひとの陰画であることはいうまでもない。もちろん、だからといってこうした事実には、なんら特別のことはない。だれでもがいつか経験するはずの「生」の不可避性を、そのまま（但し凝縮した形態で）表出しているだけのことである。実は以上の論述も、すでにかなり以前に発表された中山真彦氏の論稿「『グスコー（ン）ブドリの伝記』を読む」（筑摩版『新修宮沢賢治全集』別巻に収録）で論及された点を私なりの視点から（焦点をずらしつつ）読み直した結果のひとつに過ぎない。つまり、ここまでは（少なくとも私自身とほかの多くの読者にとって）既知のことがらなのであって、（表現のしかたは別として）別段どういう問題を提示しているわけではない。それよりむしろわかりにくい（と同時に重要でもある）点は、変換文の後半（引用では④と⑤）で、自己と他者の「なのり」がいくぶん錯綜したかたちで言及されていることである。私の考えでは、この錯綜した「なのり」のありかたの中にこそ、おそらく宮沢賢治の生涯を貫く畏怖と断念の真因――強迫観念《オブセッション》としての「生」の原基――が秘められている。以下に、簡単ではあるが、その素描を試みてみよう。

まず、中山氏が指摘している「グスコンブドリの伝記」の重要なヴァリアント（初形態）について。

ブドリはどぎまぎしましたが元気を出して云ひました。

「こちらで私を使って下さるさうですが。」

すると一番はじめに立った人のよささうな髪の白くなった人がていねいに云ひました。「いや使って下さるどころではない。私どもがあなたに使っていたゞく訳なのです。（……）

（中略）

「私が技師の上ではたらくなんて、そんなら私はいったい何ですか。」

「あなたは技師長です。それはまあいきなりさう云はれてもおわかりになりますまいが、」

中山氏が指摘しているように、ここには確かに少年ネネム＝ブドリの「加速度的成長」というべき共通したモチーフが見られる。田舎から出てきたばかりのネネムがいきなり「世界大裁判長」に抜擢されるのと同様、ブドリもまたペンネン技師から「技師長」の座を譲り受けるのである。ただし、少年ブドリはネネムとは違ってこの急変をすみやかに受け入れることができず、「何が何だかわけがわか」らず、「もぢもぢしながら」すすめられた椅子に座る。ここに自己－他者の「命名」にかかわる重大なモチーフが秘められていることは、おそらく疑いない。と同時に、ここにはネネム→ブドリの変容をもたらした重要な力学がはたらいているように思われる。

ネネムの立身出世＝自己確立のエピソードは、「子供」が「大人」の世界を獲得することへの夢と願望を示している。言い換えれば、権威、人望、野心、名声、といった社会的符丁をともなう一個の独立した人格を自身の未来像として描き出している。「ばけもの国」の住人ネネムは、その魔術的世界という磁場においてこの夢と願望をいともたやすく実現する。「イーハトーブ」と名付けられたこの幻想世界では、「子供」が「大人」になることは一瞬の魔術によって（例えばフゥフィーボー博士の命名ひとつで）実現してしまう。これに対して、同じ「イーハトーブ」と名付けられた世界とはいえ、より現実の岩手県の影を濃くした晩年の作品世界に登場するブドリの方は、森での幸福な幼年時代と飢饉による一家離散の悲劇、そして初めての労働、という経験（ここまではネネムの場合とほぼ一致している）に加えて農家での重労働という体験を経てしだいに少年から青年へと成長していくのだが、ネネムのように一挙に「大人」になるのではなく、ついに「大人」にはなりきれぬまま、「青年」のまま滅びていくことになる。とはいえ、ブドリもまたネネムのように、フゥフィーボー博士の魔術によって一挙に「技師長」に抜擢される可能性もあったのであり、それは今挙げたヴァリアントが示すとおりである。だが、この場面でブドリは、「何が何だかわけがわか」らず「もぢもぢして」しまうのであり、このためらいが少年ブドリの「大人」への変容を妨げてしまう。

ブドリはなぜここでためらったのか。言い換えれば、作者はなぜここでネネム式の立身出世＝自己確立というモチーフを放棄したのか。ひとことでいえば、主人公＝作者が「大人」を拒否したからである。ネネムにとって「大人」は、自らが未来において獲得すべき必然としてあった。たとえその経緯がかぎりなく偶然に近い魔術（命名）によるものであったにせよ、である。その結果、「ペンネンネンネンネン・ネネムは独立もしましたし、立身もしましたし、巡視もしましたし、すっかり安心もしましたから、だんだんからだも肥り声も大へん重くなりました」とあるように、彼は「大人」の世界を代表する人物と化すことができた。

他方、ブドリは「技師長」という「大人」の符丁を手に入れることにためらいを覚え、このためらいが急激な立身出世＝自己確立というモチーフを拒絶して、「自己犠牲」の死をとげる「青年」の物語へと決定的に主題を変更する要因となった。つまりブドリにとって「大人」とは、自らが獲得すべき当為としてではなく、永遠に未然のものとして留保（封印）されることになった。換言すれば、ネネムは〈父性〉を（必然として）獲得し、ブドリは〈父性〉を封印した。そしてその結果、「ブドリの伝記」では、「大人」を代表する人物、ペンネンナーム技師の像が描かれる必要が生じた。したがって、ペンネン技師は（ブドリとならんで）ネネムのもうひとつの分身、と見ることができる。思い切って断言してしまえば、ここでペンネンネンネンネン・ネネムは「青年」ブドリと「大人」ペンネンナーム技師に分裂した。だからペンネン技師は、ネネムの封印された〈父性〉の象徴にほかならない。

ネネムの立身出世＝自己確立は、少年が〈父〉の呪縛をのりこえて自らの裡に〈父性〉を措定する意志を意味していた。ネネムが失われた妹マミミを捜し出す、というモチーフは、この〈父性〉獲得の主題と密接に関わっている。マミミをさらった手品師テヂマアがネネムにいうように——「女の子の方は見ろ。この位立派になってゐる。もうスタアと云ふものになってるぞ。」——マミミもまた自己を確立しているはずなのだが、ネネムは今では（父親のように）マミミを保護することによってようやく「すっかり安心」することができるのである。

「いや。お前は偉い。それではマミミを返して呉《く》れ。」
「いゝとも。連れて行きなさい。けれども本人が望みならまた寄越《よこ》して呉れ。」
「うん。」
（「ペンネンネンネンネン・ネネムの伝記」）

ここでかわされている会話はまるで父親と娘の婚約者のそれのようではないだろうか。「ネネムの伝記」はその執筆時期が大正九年とも十一年ともいわれているが、このモチーフから判断して、賢治の妹トシの死（大正十一年十一月）以前であることだけは確かだ。

妹トシの死という事件は、ここでもまた賢治の作品行為に決定的な変化をもたらしている。妹の死後執筆された「ブドリの伝記」では、妹ネリはふとした偶然からブドリと再会は果たすものの、すでに結婚して「百姓のおかみさん」になっており、従ってブドリは妹を「返して呉れ」ということもできず、ついに未然の〈父性〉を未然のままに封印することになるのである。要約していえば、ネネムは〈父性〉の必然によって妹マミミを発見するが、ブドリは妹ネリの幸福な結婚生活を確認することによって（つまり妹が妹でなくなるという喪失体験によって）ついに〈父性〉の獲得を断念する。だから、ブドリがこのエピソードの直後に置かれた最終章で、冷害による飢饉を防ぐために自らの命を犠牲にしてカルボナード火山島を爆発させることを決意するのも、〈父性〉の断念、即ち「青年」としての自己完結、というモチーフと無縁ではないはずだ。

ブドリは帰つて来て、ペンネン技師に相談しました。技師はうなづきました。
「それはいい。けれども僕がやらう。僕は今年もう六十三なのだ。ここで死ぬなら全く本望といふものだ。」
「先生、けれどもこの仕事はまだあんまり不確かです。一ぺんうまく爆発しても間もなく瓦斯が雨にとられてしまふかもしれませんし、また何もかも思つた通りいかないかもしれません。先生が今度お出《い》でになつてしまつては、あと何とも工夫がつかなくなると存じます。」
老技師はだまつて首を垂れてしまひました。

（「グスコーブドリの伝記」）

ブドリの自己犠牲のリアリティをめぐってしばしば論議の的となる場面だが、これを〈父〉と〈子〉の世代抗争の喩とみてはいけないだろうか。はじめにブドリから相談を受けたクーボー博士が「その相談は僕はいかん。ペンネン技師に談《はな》したまへ。」と述べるのは、ペンネン技師のブドリに対する〈父性〉に判断を委ねたことを意味しているし、そのペンネン技師が「僕がやらう」というのも〈父性〉のあらわれと見ることができる。ここでは、ブドリの合理的説明よりむしろ自己犠牲のパッションを重視すべきとする観点もあろうが、反面、ペンネン技師のパッションをここに読み取ることも可能なのだ。ブドリとペンネン技師の対話は「ブドリの合理精神／ペンネン技師の情念」の対位に還元することもできる。「ここで死ぬなら全く本望といふものだ」と語るのはペンネン技師の方であり、「何もかも思つた通りいかないかもしれません」と説明するのはブドリの方なのだ。少なくとも、論理的整合性を云々するかぎり、ブドリの主張はその合理性においてペンネン技師のパッションに打ち克ったようにみえる。

だが、よく考えてみれば、ここには異様なまでに歪んだ自意識が垣間見えはしないだろうか。「先生が今度お出でになつてしまつては、あと何とも工夫がつかなくなる」というのは、どうみても方便としか考えられない。もしこれが本音だとすれば、ブドリは今後いくら努力してもペンネンナームのようにすぐれた技師にはなれない——一生〈父〉を乗り越えることができない——ことを告白していることになる。ところが、クーボー博士の計算によるこの計画を「あんまり不確か」と批評できるほどの能力がブドリにあるならば、ブドリはすでにペンネン技師とクーボー博士を乗り越えていることになる。この論理＝方便の屈曲をあえて卑近なたとえ方で示すなら、自分の能力に確固たる自負をもちながら日頃は上司に頭のあがらぬ中堅サラリーマンが会社の倒産の危機という一大事に乗じて上司をおだてつつ自分を「犠牲」にするという美名のもとにまんまと脱サラに成功する、といった場面を思い起こさせはしないだろうか。「生死」の問題がかかっているか否かを別にすれば（それこそが決定的な問題だという主張もあるだろうが、フィクションの問題としていえばさほどの違いとは思えない）、どちらも徹底して「自己完結的」であるという点では同じなのだ。あるいはこういってもいい。父親の地位と権威には頭があがらないがどうしても自分にしか成し得ない仕事を探さずにはいられない子供が「自分ひとり」にしかできない偉業を発見して急ごしらえの理論武装で無理やり父親を説得している、そんな光景にどこか似ている。要するに、この場面でブドリの合理性とそのパッションを支えている自意識は、〈父〉（制度）に対する〈子〉（個人）の精神の複合体《コンプレックス》なのだ。

老技師はだまつて首を垂れてしまひました。

〈父〉は沈黙するしかないのである。それはなにも〈子〉のパッションに感動したためではないし、その主張のつじつまに屈服したためでもない。〈父〉はただ、〈子〉の思い込みの深さに匙を投げただけなのだ。初期形「グスコンブドリの伝記」で「ペンネン技師の眼には涙がひかりました」と書かれているのは、未だ〈子〉の思い込みにいくばくかの真理をみとめようとする〈父〉の未練といえるかもしれないが、後期形「グスコーブドリの伝記」に描かれる沈黙は一層痛切な諦念を示しているといえる。というのも、おそらくこの瞬間、ペンネン技師はいくぶん賢治自身でもあるからだ。死すべき自己たる「青年」ブドリを葬って生きるべき自己たる「大人」ペンネンナーム（そういえば賢治の晩年の職業は鉱山技師だった、高田三郎の「父」と同じように）を作品に定位する企てが試みられているのである。もちろんこの企ては、宮沢賢治が〈父性〉の獲得を志したことを意味しているわけではない。病床にあって「死」を覚悟した——「生」の完結を意識した——賢治がついに〈父性〉の必然性を了承した、つまり父と和解した、ことを意味しているのである。

「グスコーブドリの伝記」は最初「ベンネンブドリの伝記」と題されていた。〈父〉（ペンネン）と〈子〉（ブドリ）の再統合を夢見た一瞬が、おそらくここにあったのだ。遺された作品ではついに二人は全面的に交感し合うことはなかったが、少なくともペンネンナームが「首を垂れ」た沈黙の瞬間に、ひそかに〈父〉と〈子〉の和解は成立していたのだった。ついに書かれなかった「ベンネンブドリの伝記」の裡にこそ、宮沢賢治の等身大の肖像が描かれていたはずなのだ。

3 「グスコーブドリの伝記」と「ポラーノの広場」

「少年小説」四作品の中でただ一つ、生前に発表された作品「グスコーブドリの伝記」(昭和七年発表)は、その起源を大正十一年頃成立した「ペンネンネンネンネン・ネネムの伝記」にまで遡ることができる。勿論、これら両作品の間に同一の中心主題を見ることはできない。中村稔が指摘したように、両作品は「単に一、二の挿話を共通するに過ぎない全く別の物語」であって、「その決定的なちがいは、ネネムは農民の中に戻っていかなかったという点にある」という見方はごく妥当である。

だが、「全く別の物語」へと生成発展していく過程そのものが賢治童話における詩学の根幹であることを考えれば、「ブドリ」の母胎を「ネネム」に求めることもまた、ごく自然な発想であるにちがいない。その生成のプロセスの一端は、先章で既に述べた。他の三作品についてもやはり、初期形と後期形との間にある事情は同様である。例えば、風の精と村童たちとの奇妙な交感を描いた初期形「風野又三郎」の啓蒙性は、後期形「風の又三郎」では転校生高田三郎の正体をめぐる現実と超現実の葛藤による自己意識のドラマへと主題を変えていくし、「ポラーノの広場」のレオーノ・キュースト は、初期形における農民たちの指導者的立場を放棄して、後期形では挫折した知識人の風貌を深めることによって、この作品の中心主題が〈交感〉から〈孤立〉へと移行したことを示している。「銀河鉄道の夜」のジョバンニもまた、初期形におけるブルカニロ博士が後期形では姿を消すことによって、より自覚的な求道者へと変貌するのである。

これらの変容《メタモルフォーズ》はいったい何を示しているのか。すべて賢治童話における詩的創造《ポエーシス》の力動性の結果であり、彼の作品が絶えず生成しつつあるテクストであることを示しているのだ。「ネネムの伝記」から「ブドリの伝記」に至る主題の変容もまた、このような〈生成テクスト〉としての性質の故に、詩的力動性の不可避性を物語っているのであり、詩人の内面の深化をこの上なく如実にあらわしているといえる。

「ネネムの伝記」から「ブドリの伝記」への変容は、「立身出世」から「自己犠牲」へと物語の主題が移された点に凝縮してあらわれている。両者とも、イーハトーブの木樵の子として生まれ育ち、飢饉の年に両親を亡くして妹と生別した主人公が、いくつかの試練を経た後に町に出て自立していく、という過程を描いているのだが、その自立の内実が両作品の間で決定的な違いを示している。ブドリの大きな試練の一つに農家での実践活動があったのに対して、ネネムは始めから農業に対する興味さえ示していない。「ネネムの伝記」にはなかった農民生活が「ブドリの伝記」で初めて描かれた背景には、大正十五年から昭和三年にかけての「羅須地人協会」の実践活動があった。おそらく、この実践活動の有無が、町に出てからのネネムの「立身出世」とブドリの「自己犠牲」の分岐点になったものと考えられるのだが、その相違のすべてを「羅須地人協会」の実践活動に求めるのは、やや性急ということになるだろう。というのも、一見したところ「立身出世」にのみ重点が置かれているかに見える「ネネムの伝記」にも実は、やがてブドリの「自己犠牲」へと発展していくことになるモチーフが微かながら描かれているからである。ネネムからブドリへの通路は開かれているのだ。この点を少し子細に検討してみよう。

「ばけもの国」の首府に来てすぐに「世界大裁判長」に出世したネネムは、幾多の名裁判によって名声と称賛を得て、遂には火山の噴火の予告までしてみせて得意の絶頂に達するのだが、その直後「どうしたはずみか、足が少し悪い方へそれ」、人間界に「出現」するという罪を犯してしまう。

僕は今日は自分を裁判しなければならない。
あゝ僕は辞職しよう。それからあしたから百日、ばけものの大学校の掃除をしよう。ああ、何もかもおしまひだ。

というネネムの嘆きには、早くも「自己犠牲」のモチーフが芽生えている、とは言えないだろうか。確かに、「ばけものの大学校の掃除」という自己処罰は、ブドリの壮絶な自己犠牲の死と比較した場合、いかにも楽天的な結末と言えなくはない。だが、それは一つにはこの作品が未完に終わったためであり（あるいは末尾部分が消失したとも考えられるのだが）、もう一つには、この作品の徹底したナンセンステールとしての物語構成のためと考えられる。（ちなみに、戦災によって焼失した草稿の末尾には、次に挙げる「ペンネンノルデ」メモと同様に、太陽にできた黒い棘をとりに行くという自己犠牲のモチーフが書かれていた、と伝えられている。）「ペンネンノルデはいまは居ないよ」に始まる、いわゆる「ペンネンノルデ」メモは、「ネネムの伝記」から「ブドリの伝記」に至る中間形態と考えられるが、その中で賢治は、「ばけもの世界」の持つ原始的エネルギーを保ちつつも「自己犠牲」の理念を描くことを試みている。このモチーフが更に発展してついに「グスコーブドリの伝記」の中心主題になるわけだが、その直前には「グスコンブドリの伝記」という初期形が存在し、「自己犠牲」

のあり方も最終形とは微妙に異なっていることがわかる。この点については後であらためて検討するが、その要点のみを予め記すなら、「グスコーブドリの伝記」における「自己犠牲」の理念は、「ネネム」から「ノルデ」を経て「グスコーブドリ」に至る過程の中で徐々に発展し、「グスコーブドリ」に至ってついにその結論に達したのであり、決して理念が先にあったのではない。言い換えれば、この生成発展のプロセスこそが賢治の詩的創造《ポエーシス》にほかならないのであって、その力動性から生じた自己意識の深化がこれらの生成過程の中に窺われる、ということだ。「羅須地人協会」における農民運動という生活体験は、確かにこの生成過程に色濃く反映しているだろうが、それは賢治の詩的創造《ポエーシス》が実生活と分かちがたく同時進行していた証しと見るべきであって、現実から虚構への一方通行的還元は断じて避けなければならない。むしろ逆に、虚構（作品）から現実への発想の流入こそが賢治の場合いっそう重要だったかもしれないのである。今の例で述べるなら、「ネネムの伝記」から「ブドリの伝記」への変容を促した詩的創造《ポエーシス》の力動性こそが「羅須地人協会」時代の賢治の理想とその挫折を招いた最大の要因であったかもしれないのだ。勿論、クロノロジーの点から見てこのような観点に無理があることは承知の上で、そうしたいわば作品優先の立場から宮沢賢治の作品と生涯を展望することは、決して無意味ではない。なぜなら、詩人にとって現実とは、常に変容すべき己の〈対他意識〉の喩にほかならないからである。

＊

「ネネムの伝記」における〈自己犠牲〉のモチーフは、おそらく作品を書き進めるという行為が終結部近くに達した時始めて見出されたものだろう。そしてこのモチーフの発見が改めて作品全体の変容を促し、その結果「ネネムの伝記」は放棄され、「ブドリの伝記」の構想が生じたのだ。従って「ネネムの伝記」は〈自己犠牲〉の理念が生じるまでの一つの経験として、「ブドリの伝記」の生成過程を明確に示しているといえる。「ネネムの伝記」という経験を持つことによって、詩人の自己意識は深化のドラマを体験し、羅須地人協会での理想と挫折をも吸収しつつ「グスコーブドリの伝記」という「あり得べかりし賢治の自伝」を創出していったのだ。従って、グスコーブドリを賢治の自己意識の投影と見ることには何の問題もない。そしてまた、「ブドリの伝記」を賢治の世界観の表出と見ることも正当な解釈といえよう。ただしそれは、詩人のあり得べき複数の自己像の一つとしてであり、彼が描出し得た複数の世界像の一つとして把握される限りにおいて正当といえるのだ。言い換えれば、グスコーブドリの〈自己犠牲〉とは、詩人の自意識（対自）と現実認識（対他）との葛藤に関する一つの解決方法にすぎない。

「少年小説」四作品は、各々独自の中心主題を持ちながら、自己意識の確立を企てる詩人の内面の深化という点において共通のモチーフに貫かれている。これら四作品の中心主題が示す四つの自己の存在様式は、その生成過程において共通のモチーフに拠りかつ互いの主題を交錯させつつ、結局は四元論的世界像ともいうべき多彩な詩空間を構成している。四作品における様々な主題は〈相互テクスト性〉とも呼ぶべき相互干渉によって詩人の自己意識の諸相を多角的に照射してもいるのだ。例えば、〈自己犠牲〉の主題は「銀河鉄道の夜」ではカムパネルラによって体現されているが、この作品の中心主題とはなり得ず、主人公ジョバンニは最愛の友の死をも克服して真の詩的求道者に転生を遂げていく。（この作品の中心主題については後述する。）また、グスコーブドリの農民への献身という主題は、「ポラーノの広場」（特に初期形）においてレオーノ・キューストの立場を規定しつつこの作品の中心主題と深く関わっている。そのキューストの知識人としての〈孤立〉の主題は、「風の又三郎」では転校生高田三郎の立脚点に転化され、村童たちの共同幻想との間に激しい葛藤を引き起こす。

このように四つの作品は個々の主題やモチーフにおいて微妙に交叉し合いながら独自の世界として同時に生成発展していったのだが、ここでは特に、「グスコーブドリの伝記」に見られる詩人像の在り方に注目したい。ここでいう詩人像とは、単に宮沢賢治個人の像を指すのではなく、本来的に詩人とはどうあるべきかという問いに答えるべき像《イマージュ》としての詩人、という意味である。

ブドリの〈自己犠牲〉はたしかに賢治の実践行動家としてのパッションを物語るものであり、その意味において作品の中心主題としてのリアリティを獲得していると言い得るだろうが、賢治自身の自己意識は決して実践行動家としての理念にのみ止まるものではない。ブドリが賢治であることは事実だとしても、賢治は決してブドリではないのだ。農民たちとの〈交感〉が自己犠牲という極限的投企によってのみ成立し得るものだとすれば、詩人としての賢治は〈書く行為《エクリチュール》〉の実践者としてこの投企をも外側から描き得る観照者としての地歩を手に入れていなければならない。言い換えれば〈交感〉を可能にするためには〈孤立〉の中に身を置いていなければならない。自己犠牲による〈死〉を語るためにはあくまで〈生〉の側に自己を確立しなければならないというこの矛盾。〈交感〉も〈孤立〉も〈生〉の中に〈死〉を仮構することによってしか表現し得ないというあまりにも当然な事実を痛感した時、賢治の詩的創造《ポエーシス》は己れの多元性を身をもって具現化する以外いかなる方法も見出すことができなかった。賢治の詩的自我は、このような矛盾を克服することなしには到底確立し得ないものだったのだ。四つの「少年小説」はこの矛盾を克服するための自己探求の実験室だったと言えよう。〈自己犠牲〉もまた〈擬装されたイノセンス〉の領域に含まれるものであり、〈死〉を〈もう一つの死〉

へ、仮構された〈死〉へと置き換える意識的な実験の結果に他ならなかったのである。
　天沢退二郎は「グスコーブドリはけんめいに読みかつ書く営みにおいて《詩人賢治》の化身《アヴァタール》でもある」と述べ、実践行動家としてのブドリの自立が実は詩人の自己形成の喩として描かれていることを示唆している。事実、「古いボール紙の函」に入った「十冊ばかりの本」を読み、「その本のまねをして」書いたり写したりして成長したブドリは、沼ばたけの農家でも「主人の死んだ息子の読んだ本」を片っぱしから読破することによって自己形成の糸口をつかみ、クーボー博士の講義する「歴史の歴史といふことの模型」の図を写すという〈書く行為〉《エクリチュール》によって火山局技師としての職を手に入れ、自己を確立する。要約すれば、〈読解〉《レクチュール》と〈記述〉《エクリチュール》の実践者としてのグスコーブドリは詩人の自己投影に他ならない。この意味において「グスコーブドリの伝記」は詩人の自己形成の寓話として読むことができる。
　こうして誕生した〈詩人〉グスコーブドリは、人々を冷害から救うためにカルボナード火山を爆発させて身を犠牲にするという劇的最期によって、自らの〈生〉を一つの〈作品〉として完了せしめることを企てる。初期形「グスコンブドリの伝記」に書かれていた次の一節は、自己の〈生〉を〈作品〉と化すことへの強烈なパッションを如実に語っているといえよう。

「私にそれをやらせて下さい。私はきっとやります。そして私はその大循環の風になるのです。あの青ぞらのごみになるのです。」

ここには、実践家としての自己の〈生〉を〈作品〉と化すことによって転生を図ろうとする詩人の自己意識が透けて見えているといっていい。「大循環の風」になったブドリは「風の又三郎」として（予め）転生を遂げており、詩人宮沢賢治は実生活での挫折をも〈自己犠牲〉による死という主題に昇華せしめることによって、自らはより深く虚構世界に沈潜した〈生〉への意志を確認している。そしてまた、この一節が結局は最終形において削除されたのも、詩人としての自己認識の深化によるものであると推測される。なぜなら、賢治はこの部分の削除とほぼ同じ時期に「ポラーノの広場」の改作を行い、それによって己れの立つ文学的位置――〈孤立〉の思想――を明確に表示し得たからだ。レオーノ・キューストは、この改作によって、詩人の自己意識のもう一つの在り方を示す人物として自立し得たのだった。そしてこの変容《メタモルフォーズ》によって、ブドリの〈自己犠牲〉はパッションとしてではなく事実としてのみ描かれることが可能になった。これが初期形におけるブドリの〈自己犠牲〉のパッションの表明が後期形において削除された理由である。逆に、ブドリのパッションが削除されることによってキューストの〈孤立〉が余儀なくされたということも、勿論できるだろう。

*

「ポラーノの広場」は、大正期に成立したと見られる先駆形「ポランの広場」が変容しつつ短篇「毒蛾」（大正十一年頃）を吸収するなど複雑な過程を経て成立した長編童話であり、生前未発表だったことと相俟って、今日なお多くの謎を孕んでいる。この作品においては、複数の「心象スケッチ」が合体し融合することによって一つの大きな流れを形成し、そこに賢治童話に特有の生成の力動性が加わって体系的な詩的時空を構成していったと考えられる。いわば絵画的情景描写に時間の軸が加わることによって（「静芸術に流動を容る」ことによって）詩のポリフォニーが構築されていったといえよう。これは「少年小説」四作品に一貫した発展様式と見てよい。特に「ポラーノの広場」の初期形（昭和二年頃）から後期形（昭和六年以後）への移行は、この時期における賢治の現実認識と自己意識の変容の力動性を如実に示しているといえる。無論、先駆形「ポランの広場」から「ポラーノの広場」への移行がより力動的な変容のプロセスを示しているという見方もできるが、これは「ネネムの伝記」から「ブドリの伝記」への移行とほぼ同一の意義を持つものであり、概ね既述した通りなのでここでは省略する。

「ポラーノの広場」の初期形が成立した昭和二年といえば、賢治が羅須地人協会での農民運動に最も専念していた頃であり、実践活動家としての体験と理想が作品に色濃く反映していたとしても何の不思議もない。だが、同時にまた、作品行為によって形成された詩人としての自己意識の在り方が実践活動の理想と挫折を招いた、という見方も成り立つのだ。つまり、現実が作品に影響を与えたというだけでなく、作品の方が現実を作り変えたという観点も成立し得るのである。例えば、「イーハトーヴォ」という虚構世界は、元来「『そこではあらゆる事が可能である』（『注文の多い料理店』広告文）ドリームランドであったにも関わらず、「ポラーノの広場」においては限りなく現実の岩手県に接近し、ユートピアとしての独自性を殆ど失っているように見える。これは詩人の現実認識の深化が作品に与えた影の濃さを示すものといえようが、同時に、この作品のリアリズムがその後の実践活動における敗北を必然化したともいえるのだ。

ユートピアとしての幻想性を喪失したイーハトーヴォにおける詩人は、当然の帰結として新たなる理想世界「ポラーノの広場」を仮構せざるを得ないのだが、この広場もまた単なる幻影でしかなかったことが確認され、物語の終末近くで「ほんたうのポラーノの広場」を建設しようという提案にも、主人公は曖昧な言い訳によってしか答えることができない。勿論、ここには賢治の現実認識の厳しさを見るべきであり、その結果、現実と幻想の折り重なった重層的世界が描かれていると考えることもできるだろう。だが、それ以上に、元来徹底した幻想世界であったイーハトーヴォをこのような現実認識の場とした詩人の自己意識のあり方がすでに現実と幻想の背離を予告していた、というべきなのだ。既に昭和二年の初期形において、賢治の化身というべきレオーノ・キューストが農民たちと袂を分かって知識人としての生活に沈潜していく結末が描かれていたのは、詩人の創造行為が現実に先行することを示す一例といえよう。なぜなら、このころ作者自身はといえば、「羅須地人協会」における農民活動に最ものめり込んでいた時期だからである。もう一度繰返すが、作品の方が現実を作り変えているのである。この点において、賢治は単なるファンタジー作家ではなく、幻想的写実主義の作家であった、ということができる。

『注文の多い料理店』における〈擬装されたイノセンス〉のトポスは、ここでは「レオーノ・キュースト記・宮沢賢治訳述」という疑似翻訳《プシドー・トラデュクシオン》の形態をとることによって一層幻想的写実性を深めているのだが、この写実性が現実をも巻き込んで変容を続ける詩的創造《ポエーシス》の力動性の結果であることに留意しなければならない。事実、賢治の詩的創造《ポエーシス》はこの初期形成立以後も変容を続け、後期形における憂愁に充ちた詩空間を創出していくのである

*

「ポラーノの広場」の初期形から後期形への移行の中で最も重要な点は、「六、風と草穂」の章にあったキューストの演説が全て抹消され、代わって抒情的散文による祝宴の場面が加えられたことであ

る。この点について、天沢退二郎は次のように概説している。

主な相違は、この旧形、「初期形」では出張から帰ったキューストが呼びにきたファゼーロに連れられてあのポラーノの広場のあった野原へおもむき、若者たちの、これから〈ほんたうにぼくらのほしいポラーノの広場〉をみんなで作ろうという相談・集会の場に立ち会い、思わず立ちあがって演説する――「諸君、諸君の勉強はきっとできる。きっとできる。」「そうだ、諸君、あたらしい時代はもう来たのだ。」そしてつい「ぼくももうきみらの仲間にはい《ママ》らうかなあ。」と口をすべらせるが、「あゝはい《ママ》っておくれ。」「ロザーロ姉さんをもらったらいゝや。」という声にぎくっとして、「いや、わたしははい《ママ》らないよ。はい《ママ》れないよ。」と尻込みしてしまう。（中略）そして、さっきの演説のときは若者たちにいろいろ教えたり相談に乗ることを約束したのに、いまの翻意とともにそれも反古になったらしく、最後のエピローグでは、〈それからちょうど七年たったのです〉とあって、大学助手や技手をしたあげく、都会の新聞社にいるいままで、若者たちと何らかの交流があったとは一言も記されていない。

一九三一年頃の黒インク手入れは、ごらんのように、この「六」章に大きな改変をもたらした。キューストが連れて行かれたのは、老人たちと若者たちが一緒に再建しようとしているムラードの工場の中であり、キューストはもはや演説しようとせず、したがって自分も仲間に入ろうかなあなどと云わず、若者たちの産業組合の構想に助力を約して別れ、じっさい、エピローグは〈それから七年〉の間にその約束が果されたことを語っている。

初期形におけるキュースト の啓蒙的演説は後期形において完全に削除され（この点を明らかにしたのは『校本全集』の功績の一つである）、その結果、農民たちの誘いを断わる際の曖昧な弁解の箇所もその後の約束の反古という後ろめたさも不要となり、代わって「ほんたうのポラーノの広場」の建設に外側から協力する知識人の姿が描かれることになった。ただし、外側からの協力というモチーフ自体は既に初期形にあらわれており、後期形で始めて言及されたものではない。だが、このモチーフが明確な意図による主題として見られるのは後期形においてのみである。この点は「ネネムの伝記」から「ブドリの伝記」への移行における〈自己犠牲〉の主題の場合と同様である。そういえばブドリもまた、厳密には「農民たちの中に戻って」（中村稔）行ったのではなかったことが思い起こされる。ブドリは農民たちに献身協力し最後には〈自己犠牲〉による死を遂げるのだが、自己形成期における農家での生活以来一度も「農民たちの中」で働いたことはなかった。ブドリの〈自己犠牲〉とは、いわば外側から農民たちに奉仕する知識人の究極的〈自己肯定〉の企てに他ならなかったのだ。「そんなことをしなくてもいいよ、おれは雨の方でやって見せるよ」という「ペンネンノルデ」の一節は、そのままグスコーブドリの本音を示しているといえるのだ。この一節と初期形キュースト の次の発言は、全く同じ発想によるものといえるのではないだろうか。

ぼくは考はまったくきみらの考だけれども、からだはさうはいかないんだ。けれどもぼくはぼくできっと仕事をするよ。ずうっと前からばくは野原の富をいまの三倍もできるやうにすることを考てゐたんだ。ぼくはそれをやって行く。

（「ポラーノの広場」初期形）

ここには、農民たることを断念せざるを得なくなった賢治の自己意識の在り方が外側からの協力という発想によって一応の結論に達したことが示されている。この意味において、ノルデ＝ブドリとキュースト は知識人としての自己を正当化する試みの代弁者だったといえよう。労農党シンパとしての賢治の自己規定をここに見ることも十分可能なわけである。

しかし、キュースト がブドリと決定的に異なる点は、キュースト が遂に〈自己犠牲〉という究極的〈自己肯定〉の機会を持ち得なかった点にある。ここに、賢治が〈対自〉と〈対他〉の葛藤に与えたもう一つの解決方法が〈自己否定〉による〈孤立〉の思想という形で生じたのも、もはや必然の経緯といわなければならない。

「ポラーノの広場」後期形に描出された祝宴の場面には、止むなく知識人としての自己を規定するに至った詩人のいいしれぬ孤独と寂寥が漂っている。「コップはつめたく白くひかり風に烈しく波だちました」という抒情的な情景描写は、作品冒頭の「あのイーハトーヴォのすきとほった風」というノスタルジックな呟きと共鳴して、他者との〈交感〉を断念した詩人賢治の諦観を否応なく写し出している。

「それではさよなら。また行きますよ。」ファゼーロは云ひながらみんなといっしょに帽子をふりました。みんなも何か叫んだやうでしたがそれはもう風にもって行かれてきこえませんでした。そしてわたくしもあるきみんなも向ふへ行ってその青い風のなかのアセチレンの火と黒い影がだんだん小さくなったのです。

「わたくしもあるきみんなも向ふへ行って」というのは、他者との隔絶感の広がりを暗示する詩的表象である。この暗喩が既に初期形において示されそして後期形にもそのまま残されたということは、詩的表象が実生活での挫折を予告しそれが現実化したことを物語っている。ここでもやはり、作品行為が現実を変容せしめていることが確認されるのだ。

後期形におけるキュースト は、その後三年間農民たちと共に働いた後（羅須地人協会における賢治の実践活動はほぼ三年間続いた）、「友だちのないにぎやかながら荒《す》さんだトキーオの市」に移住し、「しづかにあの年のイーハトーヴォの五月から十月までを書きつけ」ている。知識人として自己を規定し詩人としての孤独に沈潜したキュースト＝賢治の心情は、ファゼーロから送られた楽譜を読む場面において暗示されている。

ポラーノの広場のうた
つめくさ灯《ひ》ともす　夜のひろば
むかしのラルゴを　うたひかはし
雲をもどよもし　夜風にわすれて
とりいれまぢかに　年ようれぬ

（中略）
わたくしはその譜はたしかにファゼーロがつくったのだとおもひました。なぜならそこにはいつもファゼーロが野原で口笛を吹いてゐたその調子がいっぱいにはひってゐたからです。けれどもその歌をつくったのはミーロかロザーロかそれとも誰《たれ》かわたくしには見わけがつきませんでした。

この〈歌〉の前半部は「農民芸術概論綱要」（大正十五年）に挿入されていた〈歌〉とほぼ同文である。従ってこれが何らかの啓蒙的意図によって書かれた〈歌〉であることは容易に推察される。「ポラーノの広場」において啓蒙的意図を待った人物とは、いうまでもなく初期形におけるキューストのことである。ということは、この〈歌〉を作ったのはキューストだと断言できるのだろうか。彼はただ「見わけがつきませんでした」と言っているだけである。実はここには、〈書く行為《エクリチュール》〉による自己の変容という重大なモチーフが隠されているのだ。この〈歌〉を作ったのは紛れもなくキュースト＝賢治である。ただしそれは、「見わけがつかない」キュースト＝賢治なのだ。ここには、〈書く行為《エクリチュール》〉の実践によって他者との〈交感〉を断念せざるを得ない自己を見出したキュースト＝賢治の自己意識の変容が暗示されている。今や全くの別人となったキューストの失われた自己同一性という主題が、賢治の対他意識の敗北＝対自意識の確立を促している、と言ってもいい。いずれにせよこの〈歌〉のモチーフは、「ポラーノの広場」の終結部に深い余情を与えつつ、詩人の自己意識の確立という課題に一つの結論を提出しているのである。その結論とは、グスコーブドリの自己犠牲による〈交感〉の対極に位置する〈孤立〉の思想であり、詩人としての個我を透徹した自意識によって凝視し続けようという文学的立場への沈潜を意味していた。この沈潜もまた、詩人としてまた人間としての極限的〈投企〉の一つだったと言えるだろう。このような企てには当然、賢治の自意識（対自）と現実認識（対他）との葛藤が反映していたはずであり、そのことが羅須地人協会における実生活上の理想と挫折を、原因と結果という両面から解読し得る視点を提出している、と考えられるのである。

＊

グスコーブドリの〈自己犠牲〉によって仮構された極限的な〈生〉の完結という思想は、〈対他意識〉の全面肯定の企てとしての自己確立を促すものではあったが、この企てを外側から描き得る地歩を確立すべき〈対自意識〉との間に激しい矛盾葛藤を惹き起こさずにはいなかった。これに対立するレオーノ・キュースト《 》の〈孤立〉の思想は、〈対他意識〉の全面否定による〈対自意識〉の自立という企てを促すものだったのだが、この企ても結局知識人としての〈自己〉を確立するのみで、憂愁に充ちた個我意識の苦悩を増幅するものでしかなかった。

自己犠牲による〈交感〉の企ても〈孤立〉による個我意識への沈潜も畢章一時的な判断保留《エポケー》の手段でしかないとすれば、詩人はもはや自己意識の確立を統一的な原理において追求することが不可能であることを痛感しないわけにはいかない。こうした情況にあってこそ、詩人の自己意識の分裂は詩的創造《ポエーシス》の多元論を究極にまで押し進めていくエネルギーとなり、更に透徹した自己探求の場を創出することになるのだ。しかもこの自己探求は、またしても複数のテクストにおいて対照的な世界を展開していくのである。

「風の又三郎」と「銀河鉄道の夜」は、分裂した自己意識による統合的世界像の探求という企てによって、真に詩人の創造的自我を確立した作品になることができた。しかもこれら両作品は、全く対照的な世界像を描きながら同時に生成したものである。一方は〈生〉における自己意識の分裂を極限まで追求することによって、他方は〈死〉の観念の導入による〈生〉の遡生を図りつつ、共に詩的創造の多元論を極限にまで拡大していくのである。

4 「風の又三郎」の位置

「風の又三郎」は、大正十一年頃成立したと思われる先駆形「風野又三郎」と、同じく大正期に成立した「さいかち淵」「種山ケ原」といった心象スケッチ風の諸作とが合体し、更に一連の「村童スケッチ」のモチーフが加わることによって、昭和六―八年頃一応の最終稿として成立している。「一応の」とことわったのは、一つには最終稿題名の下に「要再訂」の文字が記されていたという証言があるためであり、もう一つには「風の又三郎」には完成された独自の原稿がもともと存在しないからである。今日我々が「風の又三郎」という表題によって一貫した物語と考えている作品は、実は前述した諸作品の原稿を寄せ集め部分的な改作による整合を施した、いわば一篇のコラージュに他ならないのだ。その結果、いくつかの不整合が未整理のまま（例えば日付けの誤りや登場人物の名前や学年の不統一など）放擲されており、これをもって決定稿と呼ぶことは到底無理といわざるをえない。

我々はこの未完成と不整合の故にかえって、賢治童話の本質が詩的創造の力動性と多様性の裡に見出されることを容易に認識し得るのだし、作品の表層構造である「最終稿」の深層にある生成運動を検討することを、余儀なくされている。この意味において、「風の又三郎」は作品の表層のみならず深層をもテクストに定着した〈生成テクスト〉の典型というべきだろう。

賢治童話の生成運動とは、まず始めに即自的自己の読解（心象スケッチ）があり、次いで透徹した対自意識（読者性）によるイマージュの構造化が行われ、これに時間軸が加わること（四次元化）によって詩的力動性が生じ、更に複数のテクストが合体融合することによって多様性を強め、これらの作用が全体として多彩かつ力動的な詩世界を構築していく、といった発展様式のことである。（最後の「合体融合」というのは、『注文の多い料理店』においては主に短篇九作品の配列において行われ、「少年小説」四作品においては複数の作品乃至複数の主題が一作品に集成されていく過程において行われている。）「風の又三郎」に限っていえば、風の精・又三郎が子供たちに気象や地理などについての知識を語り聞かせるという啓蒙性に充ちたファンタジー（先駆形「風野又三郎」）が、北海道からの転校生・高田三郎を中心とする幻想的リアリズムの作品に変容することによって、より人間的な情動に充ちた物語世界を創出し（力動性）、これに「村童スケッチ」などの写実的生活描写が合体することによって「超現実と現実のせめぎあい」（佐藤通雅）というべき詩のポリフォニーが成立していく過程（多様性）が見られる。これに「グスコーブドリの伝記」や「ポラーノの広場」にも見られた自己探求の主題が加わって、「風の又三郎」は真に賢治童話の詩学を体系的に構築した作品となっている。「心象スケッチ」の絵画性においても「四次元芸術」の音楽性においても、この作品は、「銀河鉄道の夜」と並んで、賢治童話の究極を示している、といっても過言ではない。

まず冒頭の〈歌〉からして叙事詩特有の音楽的力動性は明らかだろう。

どっどど　どどうど　どどうど　どどう、
青いくるみも吹きとばせ

すっぱいくゎりんも吹きとばせ
どっどど　どどうど　どどうど　どどう

暴力的な風のリフレインは、早くも物語全体の主旋律を呈示し、不穏な雰囲気に充ちた作品世界を予告する。この〈歌〉とその直後に描かれる谷川の小学校の情景は、早くもこの作品の相対立する二つの主題――超現実（幻想性）と現実（写実性）――の葛藤を暗示しているようである。

こうして開かれた作品世界に突然出現する「赤い髪の子供」高田三郎は、初期形における風野又三郎の化身（従って大循環の風になったグスコンブドリの化身）であり、この作品における二つの主題の葛藤を体現すべき存在である。三郎をめぐる村童たちの生活情景は実に明るく活写され、そのため冒頭の〈歌〉の破壊的な幻想性を一瞬忘れるほどであるが、その都度描出される三郎の不思議な行動は、読者を再度超現実の怪異へと連れ戻さずにはおかない。こうして読者は幾度となく写実と幻想の間を往復し、最後には現実とも超現実ともつかぬ多義的な詩想を味わうことになる。

「風の又三郎」の主題がこのような現実と超現実との葛藤にあることは確かだが、詩人はこれら二つの世界観を〈読み〉のベクトルとして既に作品中に示してもいる。ここでもやはり、詩人は己れの〈読者性〉を登場人物に託しているのだ。しかも今度は一人の人物にではなく、微妙な対立を続ける二人の登場人物に、詩人自身の分裂した読者意識を託している。二人の登場人物とは、いうまでもなく、嘉助と一郎のことである。始めから「あ、わかったあいつは風の又三郎だぞ」と叫んだ嘉助の超現実的視点と「どうだかわからない」と思い続ける一郎の現実的視点、という二つの〈読み〉のベクトルは、微妙に相対立し交錯しながら最後まで葛藤を続けていく。この二人の〈読者〉の視点に代表される幻想性と写実性の葛藤が驚くべき緻密な対位法によって描かれ、作品全体は詩人の自己意識の分裂相を限りなく明晰に照射し続けるのだ。そして同時に、この作品における最大の謎——高田三郎は本当に風の又三郎であるか否か——もまた、二つの〈読み〉による二重の解釈を必然化する限りにおいて、一元論的解釈の可能性を徹頭徹尾排除した詩的多元論の喩として、改めて確認されることになる。

又三郎伝説という共同幻想に捉えられた嘉助の幻想意識は、種山ヶ原での決定的体験（道に迷った挙句昏倒し又三郎がガラスのマントで空を飛ぶ夢を見る場面）によって「あいづやっぱり風の神だぞ」という確信に到達する。これに対し、既に合理的理知的な大人の世界に入りかけている一郎の現実認識は、嘉助の幻想意識が確信に到達した瞬間、これまでの疑念についての結論として「そだないよ」という全面否定を打ち出すのであり、ここで二つの〈読み〉は明らかに正反対のベクトルを示すことになる。

一方、三郎自身はといえば、嘉助の幻想意識に加担してか、あるいは一郎の現実認識に逆らってか、「九月五日」の章において自ら風の精を「演ずる」（と、とりあえずいっておく）ことによって自己のイマージュ（対他）の確立を試みることになる。村童たちの一人耕助に木の上から雫を浴びせ、相手の反発を誘い、最後には風の効用を主張する、という作為は、村童たちの共同幻想に加担することによってのみ自身の実存を確立し得る、という転校生としての直観的判断によるものと見ることができるのだが、この作為性は一方ではまた、本当に三郎は風の又三郎であるかもしれないという〈読み〉の可能性を再度強調しつつ、三郎の村童たちに対する〈交感〉の願望を暗示してもいるのだ。この意味において三郎は前述のグスコーブドリや「水仙月の四日」における雪童子と共通の性質を持っているといえよう。

高田三郎が風の又三郎であるか否かに関わらず、このような対他意識の在り方は、自己形成期における精神の自然過程として充分リアリティを持ち得ている。従って、この対他意識が精神の成熟と深化を待つまでもなくほんの僅かな契機によってたちまち崩壊する運命にあることも、同様に極めて自然な成行きといわねばならない。

「演技」という虚構によって確立された架空の〈自己〉は、二重の対他意識（現実認識と幻想意識の二重性）に支えられるしかないために、自ずから破局をむかえるしかない。そして、村童たちの共同幻想もまた、三郎をめぐる現実認識と幻想意識の迫間において自らの不可解さを露呈することになり、自己意識の深淵に立ち合うことを余儀なくされる。「九月八日」の章では、このような自己意識の〈真〉と〈偽〉をめぐる葛藤が苛烈な精神の揺動を引き起こし、賢治童話の全作品の中でも最も濃厚な幻想的リアリズムが実現されている。

するると誰《たれ》ともなく
「雨はざっこざっこ雨三郎
風はどっこどっこ又三郎」
と叫んだものがありました。みんなもすぐ声をそろへて叫びました。
「雨はざっこざっこ雨三郎
風はどっこどっこ又三郎」
すると又三郎はまるであわてて、何かに足をひっぱられるやうに淵からとびあがって一目散にみ

んなのところに走ってきてがたがたふるへながら
「いま叫んだのはおまへらだちかい。」とききました。
「そでない、そでない。」みんなは一しょに叫びました。べ吉がまた一人出て来て、
「そでない。」と云ひました。又三郎は、気味悪さうに川のはうを見ましたが色のあせた唇《くちびる》をいつものやうにきっと噛《か》んで
「何だい。」と云ひましたが、からだはやはりがくがくふるってゐました。

現実的視点からの読解によれば、この〈歌〉はやはり子供たちによって発せられたことになるだろう。事実、この章の先駆形「さいかち淵」の末尾には「けれどもぼくは、みんなが叫んだのだと思ふ」という一文が加えられている。ただし、これはあくまで「風の又三郎」に組み込まれる以前の「心象スケッチ」的作品の内部での語りであって、このスケッチがより大きな長篇作品の流れの中に吸収される段階において問題の一文が削除されている点に、却って〈歌〉のモチーフの怪異性を見るべきである、とする観点も成り立つであろう。従って、超現実的視点からの読解――この〈歌〉は超自然からの呼び声であり、又三郎＝高田三郎を戦慄せしめる、子供たちには正体の分らない、ある幻想的恐怖の兆である、とする読み――もまた同時に成り立つのであり、三郎の幻想性は増々深められることになる。ここにもまた、写実性と幻想性という二重の〈読み〉の可能性が開かれているのであり、ポエジーの多元性が打ち出されているといえる。

ところで、主人公高田三郎の視点からは一体どのような〈読み〉が為され得るだろうか。歌ったのは自分ではない、それだけは確かである。では子供たちの誰かだろうか。「いま叫んだのはおまへら

だちかい」という問いかけは一見自然であるように見えるが、その問いかけ以前に記されている三郎の動揺は、この問いかけが実は確認に他ならないことを示している。三郎は先程の〈歌〉が子供たちによって発せられたのではないことを既に知っていたのだ。とするならば、歌っていたのは一体誰なのか。

ここで我々は、「ポラーノの広場」末尾に言及されていた〈歌〉のモチーフを思い起こすべきだろう。前述の通り、「ポラーノの広場のうた」は別人に変貌する以前の（初期形における）レオーノ・キューストによって作られたのであり、従って「見わけがつきませんでした」というキューストの不確かさは詩人の失われた自己同一性の喩として成立しているのだった。つまり、詩人にとって〈歌〉とは自己意識が変容した後にさえ確固たるエクリチュールとして超時間的に存在し続ける自存的実在なのであり、詩人の現存を脅かすと同時に限りない郷愁を駆り立てもする〈セイレンの歌〉なのだ。三郎を脅かし驚愕せしめた〈歌〉とは、自己同一性の破綻を想起せしめ架空の自己像を完膚なきまでに破壊する非人称的な〈叫び〉だったのである。従ってこの〈歌〉はまた、高田三郎個人を超えた非人称的世界の先住者、「風野又三郎」の〈叫び〉だったということができるのだ。

この非人称の〈歌〉は、村童たちの共同幻想が引き寄せた集合的無意識の声と考えることもできる。いくつかの事件を経ていつしか成立していた「三郎＝又三郎」の了解が、天候の急変や鬼ごっこの迫真性（遊びとはそもそも幻想のリアリティに支えられたものである）という心理的動揺を契機として「風はどっこどっこ又三郎」というシュプレヒコールを巻き起こした、という解釈もあり得るのだ。もしそうだとすれば、三郎が戦慄を覚えたのは、子供たちの〈歌〉そのものに対してではなく、自らの「演技」によって作り上げた自分自身のイマージュ（対他意識）に対してであり、共同幻想としての又三郎の現前という怪異現象が「虚構の現実化」というべき超現実を描いていることになる。いわば三郎は、決して出会ってはならない自分自身のモナドに出会ってしまったのだ。

現実的視点から見るにせよ、超現実的視点から見るにせよ、三郎がここで自己意識の激しい動揺を覚え、自我の崩壊の寸前にまで追い込まれていることは確かなようだ。同時に、村童たちもまた、三郎の恐怖を眼前にして自分が発したかもしれない〈歌〉を風の又三郎の〈歌〉として聞き、自らの共同幻想の妖しさに心底戦慄を覚えたにちがいない。この瞬間、分裂した〈読者意識〉（二重の読者性としての一郎と嘉助の視点）は限りなく一致点に向かって接近し、合理主義者一郎もまた又三郎の現前をあり得べき幻想の実現として認識するに至る。しかし、だからといってここで自己意識の分裂相が一つの統合的空間に解消されたというわけでは決してない。むしろ逆に、相対立する二つの〈読者性〉の異常接近は自己意識にとって極めて危険な事件であり、詩人は己れ自身の裡にある根源的闇に直面しているといえるのだ。なぜなら、〈読者意識〉の二重性の解消とは〈作者意識〉の分裂を押し進める脅威ともなり得るものであるからだ。その危機感を詩人は充分認識していたと考えられる。二人の〈読者〉が遂に全き合一に達し得ないのはそのためであり、詩人は何重にも分裂した自己意識の危うい均衡の上にかろうじて作品世界を構築していったのである。この危うさは、特に三郎が過ぎ去った後に残された登場人物たちの微妙な反応の裡に表出されているように思われる。

＊

「九月十二日」の章では、一郎と嘉助は高田三郎の正体を確認すべく早朝から誘い合って登校するのだが、三郎は既に転校した後であり、結局謎は謎のまま残されてしまう。自らの対他意識の危うさに心底恐怖した三郎は〈彼方〉へと去って行き、「風の又三郎」という共同幻想を読解しようと企てた二人の読者は結局〈此方〉に置き去りにされてしまう。最後に嘉助が叫ぶ「やっぱりあいづは風の又三郎だったな」という確信めいた叫びも、三郎の不在を前にして何ら現実的な根拠を持ち得ず、遂に合理主義者一郎の同意を得ることはできない。

二人はしばらくだまったまゝ、相手がほんたうにどう思ってゐるか探るやうに顔を見合せたまゝ立ちました。

という終結部は、賢治童話の通例に違わず、多義的な詩空間の展がりを示しているといえるのだが、この多義性は、一つには、一郎と嘉助の視点に代表される、詩人自身の二重になった〈読者性〉として、そしてもう一つには、三郎の視点に代表される〈対自〉と〈対他〉との葛藤として、読まれ得る。「さいかち淵」の場面で己れ自身のイマージュ（対他）の現前という怪異現象に脅えた三郎は、いわば共同幻想の眼を通して自己を凝視することとの不条理に震憾したのであり、その結果自己意識の根源的動揺を覚えずにはいられなかった。三郎もまた自らの対他意識を読むという行為において一人の〈読者〉だったのであり、〈彼方〉へと去って行った三郎の姿には詩人の失われた自己同一性という主題が明確に示されているのだ。詩人の〈読者意識〉は〈彼方〉へと去った三郎と〈此方〉に残された一郎と嘉助（しかもこの二人も〈読者意識〉の分裂相として描かれている）という相反するベクトルに分裂し、それがこの作品の微妙な曖昧性の原因の一つとなっている。

ところで、〈彼方〉へと去って行った三郎の行為は〈読者意識〉の分裂相としてだけではなく、同時に〈作者意識〉の分裂相としても描かれていると考えられる。自らの「演技」によって又三郎を仮構した三郎の行為によって、我々は三郎が詩人の創作行為の喩であることを知るわけだが、〈対自〉と〈対他〉との葛藤による自己意識の破局は結局詩人の〈作者意識〉をも〈彼方〉へと運び去らずにはおかなかった。だが、詩人はエクリチュールの実践者としての自己を全て〈彼方〉へと放出したわけではなく、ここでもやはり自己意識の分裂によって〈此方〉に留まるべき〈作者意識〉をも暗示している。〈此方〉に残された〈作者意識〉の分裂相とは登場人物の一人、「先生」のことである。

「少年小説」四作品に通底しているモチーフの一つは、各作品に登場する「先生」に仮託された〈作者意識〉の諸相である。「先生」とは、第一に大人であることによって少年たちに未知な世界の住人であり、第二に未知な世界の住人であることによって少年たちに対する啓蒙性を担った人物であり、第三に記述と読解を使命とする知識人として虚構のリアリズムを作中において体現する存在である。「グスコーブドリの伝記」におけるクーボー博士はその典型であり、イーハトーブのトポロジーをブドリに教授するという重大な役割を担いつつ作品世界の幻想的リアリズムを背後から支えるという機能を果たしている。ブドリもまた、この「先生」に学ぶことによって農民たちの指導者となり、実践的知識人としての自己を確立していく。また、「ポラーノの広場」のレオーノ・キュースト、書記官としての職務（記述と読解）を果たしつつ農民たちに関わっていく知識人として描かれ、一時的にせよ彼らの指導者としての啓蒙的立場を表明している。更に「銀河鉄道の夜」においては、「一、午后の授業」の冒頭に読まれる「先生」の講義は、銀河の構造を少年たちに認識せしめるという啓蒙性に拠りながらジョバンニの幻想を導く重大なモチーフとなっているし、終結部における「博士」もまた、ジョバンニの父の帰還を知らせるという行為によって「先生」としての使命を果たしているといえる。そしていうまでもなく、「銀河鉄道の夜」初期形におけるブルカニロ博士もまた「先生」の典型像を示している。「風の又三郎」においては、（大人ではないにせよ）三郎自身が「先生みたいな顔つきをして」耕助を問いつめるのであり、風の効用を認識せしめるという啓蒙性を発揮している。そもそも「転校生」という設定そのものが村童たちの〈未知〉を知る者の啓蒙性を予め暗示している、ということもできよう。因みに、先駆形「風野又三郎」では、又三郎は村童たちに科学知識を教授する「先生」としての啓蒙性を思う存分発揮しているのである。総じて、これらの「先生」は〈作者意識〉の表象とみなすことができる。

「風の又三郎」に登場する小学校の「先生」は、これらの啓蒙的人物たちに比していかにも影が薄いように思われる。極めて平凡で日常的な相の下に描かれたこの「先生」は、他の三作品における「先生」たちとは比肩すべくもない非幻想的存在として登場しているからである。だが、むしろこの点にこそ「風の又三郎」独自の世界像が表示されているということもできるのだ。徹頭徹尾現実的視点から読んでもなお破綻をきたさないリアリスティクな文体というのは賢治童話の他作品には殆ど類例を見ないものであり、それ故に超現実的視点からの幻想的読解もまた、透徹した自意識によるファンタジーとしての特質を充分に知らしめる要素として作品に組み込まれているといえるのである。

一見極めて日常的な相においてのみ描かれているかのようなこの「先生」さえ、注意深く読みさえすれば、〈作者意識〉の投影としての微妙な幻想性を帯びていることがわかる。まず、「先生」の登場の場面からして、すでに謎めいた雰囲気が漂ってはいないだろうか。「九月一日」の章で不思議な「赤い髪の子供」が突然教室から姿を消した後、子供たちが言い争っているところへ「先生」が登場する場面である。

（……）これはまた何といふ訳でせう。先生が玄関から出て来たのです。先生はぴかぴか光る呼子を手にもってもう集れの仕度をしてゐるのでしたが、そのすぐうしろから、さっきの赤い髪の子が、まるで権現《ごんげん》さまの尾っぽ持ちのやうにすまし込んで白いシャッポをかぶって先生についてすぱすぱとあるいて来たのです。

ここには「先生」と三郎との微妙な親和関係が感じられはしないだろうか。「権現さまの尾っぽ持ちのやうに」再登場する三郎はどこか誇らしげであり、村童たちの〈未知〉を知る者としての自己を誇示しているかのようである。従って、この部分にはまた、「先生」の幻想性が巧妙に暗示されている、ともいえるのではないだろうか。勿論、前もって転校の手続きをすませた「先生」が三郎を皆に紹介するにあたって当面唯一の関係者として振舞うことは当然であり、三郎の方もこれに従うのが当然である、とする現実的視点からの読解も可能であろう。しかし、三郎は予め「先生」との同族意識を持った人物として描かれている、という読解を否定する根拠が何ら見当たらないこともまた、事実なのだ。「これはまた何といふ訳でせう」という殊更に意外性を強調した叙述は、「先生」の幻想性を強調していると見る方がむしろ自然なのだ。この後に描写される「先生」の言動もまた、しばしば謎めいた雰囲気を醸し出しているようである。例えば、同じ「九月一日」の章に登場する「白い扇」を持った三郎の父親との奇妙な親和関係、生徒たちの問いに対する答の用意周到さ、「九月二日」の章における複式授業の手際良さ、更に全般的に見られる標準語の丁重さ、などが挙げられる。特に、「九月十二日」の章において、早朝登校してきた一郎と嘉助の前に「先生」が登場する場面は、この人物が持つ妖しい幻想性を改めて読者に印象付けるに充分なだけの謎を帯びているといえよう。

するともう誰《たれ》か来たのかといふやうに奥から先生が出て来ましたがふしぎなことは先生があたり前の単衣《ひとへ》をきて赤いうちはをもってゐるのです。

（傍点引用者）

天沢退二郎は、「赤いうちは」が風を起こす道具であるという一見あたりまえの事実に「先生」の幻想性を読み、「少年小説」四作品における「先生」が〈読み〉かつ〈書く〉詩人の投影であることを示唆しているが、たしかにこの「赤いうちは」には作者の何らかの意図が秘められているようである。「先生」は三郎が転校していった事を手際よく説明した後再び宿直室の方へ戻って行くのだが、その時またしても「赤いうちはを持って」が繰り返されている。この描写は「赤いうちは」を殊更印象的に描出しようとする作者の意図と見る以外説明のつかないものだし、そう考えてみると三郎の転校についての一見合理的な説明もいかにも筋が通り過ぎていて却って不自然に見えてくる。

以上の観点から成立する一つの〈読み〉として、「先生」と三郎が元来同族に属する存在として描かれているという推測が成り立つのである。少なくとも、子供たちにとって「先生」と三郎は共に〈未知〉の領域に属する者であり、それ故の啓蒙性によって相通ずる性質を持っていることは確かである。この二人に三郎の父親が加わることによって、「風の又三郎」は〈作者意識〉の三位一体を表出することになる。「先生」と三郎とその父親は、三郎の転校の本当の理由を知る者として、一つの閉じられた世界を共有しているといっていい。三郎の父親が手にしていた「白い扇」は「先生」の「赤いうちは」と鮮やかな照応を示しつつ各々風の一族としての自己同一性を主張しているかのようだ。先駆形「風野又三郎」では、又三郎の兄も父も皆「又三郎」であることが明示されていた。後期形においては「先生」と三郎と父親の三人が皆「又三郎」であり、大循環の風の中から甦ったグスコーブドリであったのだ。補足して言うならば、「グスコーブドリの伝記」における「ブドリ／クーボー博士／ペンネン技師」の三位一体は「主人公／先生／技師」という機能に還元でき、これは「三郎／先生／父親（三郎の父は技師であった）」の三位一体にそのまま照応している。

この三位一体が「風の又三郎」の生成において何を意味しているかは既に明らかだ。いうまでもなく、詩人の〈作者意識〉の表象として成立しているのだ。〈彼方〉へと去って行った三郎が詩人の〈作者意識〉の対自性を示すのに対して、〈此方〉に停まる「先生」は対他性の表象として（二人の〈読者〉と共に）僅かに残された〈交感〉への希望を暗示している。この意味において、三郎はレオーノ・キュースト共に対自意識の〈孤立〉の思想を表象し、「先生」はグスコーブドリと共に対他意識の〈交感〉への願望を表象しているといえる。従って、詩人の自己意識は〈読者意識〉において完全に分裂しているように、〈作者意識〉においてもまた完全に分裂していると見るべきである。

こうして「風の又三郎」は現実と超現実、読者意識と作者意識、対自性と対他性、といったいくつもの相において分裂した自己意識のドラマとして成立し、様々な分裂相が対立葛藤を続けながら一つの詩空間を構成するという危険な詩的多元論（ポエーシスの多様性）を現出せしめている。そしてまたこの多元論《ポリフォニー》は、自己意識の揺動という精神の危機においてのみ描かれ得るという特質によって、この作品が詩的創造の力動性においても空前絶後のエクリチュールであることを示しているのである。

5 「銀河鉄道の夜」の生成

宮沢賢治の「少年小説」四作品はいずれも詩人の自己意識のドラマとして成立し、各作品が独自の世界像を描くことによって詩的創造《ポエーシス》の四元論を呈示している。四作品は互いの主題を共有し交叉し合いながら生成変容を続け、次第に固有の〈世界〉を創造していくと同時に、詩人の自己意識の理念を多元化していった。これら四作品の初期形乃至先駆形が、いずれも原始的エネルギーに充ちたファンタジーとして、大正末年には既に成立していた点に留意しよう。この段階では四作品は未だ各自の領域を明示することなく、渾然とした状態のまま互換性のある世界を作り上げていた。いわば即自的領域における混沌がそのまま作品の幻想性を生み出していたのであって、これは『注文の多い料理店』の九作品についても同様であった。ただし、これら九作品は一冊の〈書物〉を構成することによって一種の詩的秩序を獲得し、より大きな〈世界〉となることができた。これに対し、「少年小説」四作品が独自の〈世界〉となるためには、約十年間にわたる自己読解の深化がどうしても必要だった。詩人は執拗なまでの自己読解によって自分自身のイマージュを変形し展開し活性化し、遂に自らの〈生〉そのものを作品としていった。このような変容のドラマにおいては、現実と虚構との境界は殆ど問題ではなく、新しい〈自己〉の姿《イマージュ》が次々と描出され、そのいずれもが詩人の「あり得べき自画像」という幻想的写実性を獲得しつつ、生成発展を続けていくことになった。そしてこの生成こそが賢治童話の詩学に他ならなかった。「永久の未完成これ完成である」（「農民芸術概論綱要」）というのは、賢治童話の〈生成テクスト〉としての特質を正確に明言したものといえよう。「ネネム」から「ブドリ」へ、「ポラン」から「ポラーノ」へ、「風野又三郎」から「風の又三郎」へ、そして「銀河鉄道の夜」初期形から後期形へ、という変容の力学は、詩人の自己意識の展開を示すと同時に、変容のエネルギーそれ自体が諸芸術の本質であるとする創作理念を示しているといっていい。

理解を了へばわれらは斯る論をも棄つる
畢竟ここには宮沢賢治一九二六年のその考があるのみである
（「農民芸術概論綱要」）

という宣言もまた、賢治童話の〈生成テクスト〉としての多様性と力動性を理念化しているといえよう。このような力学に支えられた詩人の創作営為は、常に変容を求めて、新たなる〈生〉の彼方へと作品を運んで行った。その結果が「少年小説」四作品の後期形における四元論的世界像の表出となり、そこに多様な詩人像（像としての詩人）が描かれることになったのだ。しかもこれらの世界像と詩人像は、四作品の同時進行によって生成していったという事実において、詩人の自己意識の多極構造を如実に語っているのである。

「銀河鉄道の夜」は、このような変容の力学による発展様式において他の「少年小説」三作品と同じ軌跡を描きながら、作品の物語構造そのものが生成のドラマであるという点において、全く独自の地歩を確立しているといっていい。

ユートピアの構想、自己犠牲、交感と孤立、といった主題系に他の三作品との共通点および対立点が見られるのは、この作品が「少年小説」四作品の集大成としての意義を持つことの証明であるが、これらの主題系は「銀河鉄道の夜」においてはあくまで副主題に過ぎない。この作品の中心主題は〈死〉の観念である。様々なモチーフがこの観念によって微妙な修正を施されることになり、全体として真に統合的な詩空間を構築していくのである。「少年小説」四作品に見られる多くの主題はこの統合的詩空間において各々の意義を明確にしつつ詩人のただ一度の自己探求のドラマに吸収されていくのだ。

ジョバンニの自己形成の物語はそのまま詩人の現実と虚構との二重の場における自己探求のドラマだといっていい。従って、銀河鉄道の旅におけるジョバンニの自己意識の生成過程は、一方では詩人の自己意識の変容と照応し、他方ではこの作品の十年間にわたる生成過程と照応することによって、二重の意味における生成のドラマを表出しているといえる。この点においてこそ、「銀河鉄道の夜」は真に賢治童話の集大成と呼ぶべき代表作となり得ているのである。

＊

宮沢賢治の「少年小説」を自己意識のドラマとして見た場合、結論のみを再説するならば、「グスコーブドリの伝記」は自己犠牲による他者との〈交感〉の願望を、「ポラーノの広場」は知識人の諦観による〈孤立〉の思想を、そして「風の又三郎」はこの両極に分裂した自己意識の諸相を描いている、ということになる。いずれにせよ、これら三作品に共通して見られるモチーフは、「他者の〈生〉をどう生きるか」という課題とその解決法とに還元することができよう。言い換えれば、これら三作品は自己意識の他者に対する関係を多様な相において描いている、といえるのだ。このモチーフを極限まで追求し、自己意識の確立を絶対的不可能性として認識した時、始めて「銀河鉄道の夜」の中心主題は明確になった。それは、この不可能性そのものを生きる、という試みであり、不可能性としての自己意識の確立——死者の眼差を持って〈生〉を生きること——の企てを意味していた。一言でいうならば、「他者の〈死〉をどう生きるか」がこの作品の中心主題なのだ。

この主題は、グスコーブドリの〈自己犠牲〉に対する〈他者犠牲〉ともいうべきモチーフを誘発し〈死ぬのはジョバンニではなくカムパネルラである〉、レオーノ・キューストの諦観を断念としてのみならず積極的創造営為にまで昇華した〈本質的孤独〉の観念を惹起する。従って、「銀河鉄道の夜」はまた、「風の又三郎」の対極に位置する作品と見ることができる。なぜなら、「風の又三郎」が〈交感〉と〈孤立〉に分裂した自己意識の葛藤を終始主人公の外側から描くことによって、様々なレベルでの自我の分裂相を表象すべき幻想的リアリズムを確立しているのに対して、「銀河鉄道の夜」は、自己意識の変容を主人公の内側から描くことによって、徹底した観念論的世界を構築し、自我の分裂など始めからあり得ないような〈従って〈交感〉も〈孤立〉も思想としては存立し得ない〉統合的空間を創出しているからである。

……たえず企画したえずかなしみ
たえず窮乏をつゞけながら
どこまでもながれて行くもの……

（『春と修羅第二集』「薤露青」より）

主題においても構成においても、「銀河鉄道の夜」に酷似していると見られる詩作品の一節である。「どこまでも」流れて行く銀河に仮託した詩人の人生観は殆ど即自的というべき直観によって〈永遠の未完成〉という観念に結びつき、詩人は「企画」や「かなしみ」や「窮乏」といった人間的情動を内在化しつつ大宇宙との〈照応《コレスポンダンス》〉によって自らを変容のエネルギーと化すことを企てる。この企てがジョバンニの自己形成の全てである。詩人は夢見る少年を仮構することによって失われた〈幼児性〉としての自己を今一度見出そうとしている。言い換えれば、対他意識の絶対的受動性を措定することによって対自意識の〈死〉を仮構し、仮構された〈死〉から再び〈生〉における自己意識を構築し直そうと企てているのだ。そしてまた、〈擬装されたイノセンス〉として仮構されるべき〈対自－対他〉意識の全体性を志向することによって、本質的孤独と本質的共感の同義性を確立することを企てている、ということもできるのだ。

「銀河鉄道の夜」を読むと、「ほんたうの」とか「みんなの」とか「どこまでも」という性急な欲求が作品構成の堅固さも暗喩表現の美しさも全て破壊するほどの熱烈な願望として描かれていることがわかる。この熱烈さが〈幼児性〉として仮構された自己意識のあらわれであり、ジョバンニの〈本質的孤独〉を必然化してもいるのである。

＊

「みんなのほんたうのさいはひ」を求めて「どこまでも」行きたいと熱望しながら、結局愛する友を失い一人現世に戻ってくる少年の夢と現実を描いたこの作品は、大別して三つの部分から成っている。第一に、学校やアルバイト先や家や町を描いた現実の情景、第二に、少年が愛する友と一緒に銀河の旅をする抒情的な夢の世界、第三に、夢から醒めた少年が友の死を知らされる現実の場面、の三つである。現実－夢－現実という構成は賢治童話の他作品にもしばしば見られるものであり、ファンタジーのリアリティを強調するための最も一般的な手法といえよう。

しかし、このような構成での後期形が昭和六年頃に成立する以前、大正末期に成立したと思われる初期形では、この三つの部分のうち、第二の夢の情景が大部分を占めていたのであり、現実の場面はほんの短い導入部と終結部の役割を果たしているにすぎなかった。それが後期形に至って新たに「一、午后の授業」「二、活版所」「三、家」が書き加えられ、冒頭の先生の講義や星座早見の図、模型の汽車などのモチーフによって銀河鉄道の旅への伏線が至る所に引かれ、更に終結部の書き直しによって現実の場面が初期形とは比べものにならないほど重要になっていることがわかる。ここには、ファンタジーにおけるリアリズムを一層強化することによって夢と現実を統合的な詩空間として成立せしめようとする詩人の意図が明確に反映されている。この点については、「少年小説」四作品に共通の生成過程が示されているといえるだろう。

だが、「銀河鉄道の夜」が他の三作品と明確に異なった位相を獲得している所以は、このような変容のプロセスが初期形から後期形へという一方通行のベクトルとしてではなく、二つの形態が同時に読まれるべき〈相互テクスト〉として成立している点にある。初期形と後期形が今日読まれるような形に明確になったのは天沢退二郎、入沢康夫両氏による『校本宮沢賢治全集』（筑摩書房）の最も大きな功績の一つであるが、それによって従来錯綜していた（多くの編者が二つのテクストの相互性を期せずして実証してきた）両テクストを各々独立した作品として読むことが必要となり、相補的な読解が不可欠になった。

「銀河鉄道の夜」の両テクスト における〈相互テクスト〉性は、主にブルカニロ博士の出現と消滅という現象に帰着する。現実の生活において、病気の母を持ち、帰らぬ父を待ち侘び、アルバイトに疲れ果て、友人たちからも蔑まれる、という試練を経た挙句に親友のカムパネルラにさえ疎外された（あるいはそう思い込んだ）ジョバンニが、孤独感の絶頂においてブルカニロ博士と出会う場面は、原稿が残存せず、想像によって補うしかないが、文脈から判断して「ぼくはもう、空の遠くの方へ、たった一人で飛んでいってしまひたい」というジョバンニの切ない願望を叶えてくれる超越者として、ブルカニロ博士が登場していたことは間違いない。ジョバンニが博士の暗示によって経験する銀河鉄道の旅の中で時折り耳にする「セロのやうな声」も、カムパネルラが突然姿を消した直後に登場する「黒い大きな帽子をかぶった青白い顔の痩せた大人」も、共にブルカニロ博士の分身であり、ジョバンニに「ほんたうのさいはひ」を暗示する「先生」としての機能を果たしている。夢から醒めたジョバンニは再び「あのブルカニロ博士」に会い、「遠くから私の考を人に伝える実験」をしたのだと告げられる。

以上は「第三次稿」（以下「初期形」と表記）までに成立したブルカニロ博士登場の場面の概要だが、これらの叙述が「第四次稿」（以下「後期形」と表記）においてはことごとく削除されてしまうのである。詩人の理知的精神の投影であるブルカニロ博士は跡形もなく消滅し、代わって現実の場面が独立した章として出現することになった。その現実の場面において新たに登場する冒頭の「先生」と末尾の「博士」は、詩人の理知的精神の一つの表象として、作品のリアリズムを背後から支える機能を果たしている。「先生」と「博士」の出現は共に、消滅したブルカニロ博士のよりリアリスティクな転生を物語っているのである。

銀河の構造を講義する「先生」がブルカニロ博士の化身であることは、次の一節を比較してみれば容易に推察できるはずである。

ところがいくら見てゐても、そこは博士の云ったやうな、がらんとした冷いとこだとは思はれませんでした。

（「銀河鉄道の夜」初期形。傍点引用者）

ところがいくら見てゐても、そのそらはひる先生の云ったやうな、がらんとした冷いとこだとは思はれませんでした。

（「銀河鉄道の夜」後期形。傍点引用者）

初期形のテクストにおいて「以下原稿五枚なし」となっている部分の直後に言及されている「博士」がブルカニロ博士であることは間違いない。おそらく紛失した五枚の原稿の中には、ブルカニロ博士が銀河を「がらんとした冷いとこ」と説明する場面が描かれていたのだろう。この「博士」という名詞が後期形では「先生」に置き換えられ、さらに「ひる」という修飾語が付せられていることから、「ブルカニロ博士」が「先生」に転身していることは容易に推測される。この事実は、一見些細なようだが、実は重大な意義を含んでいるのだ。この書き換えの重要性は次の三点に要約できる。第一に、銀河の構造を説明するブルカニロ博士が「先生」に転身することによって詩人の理知的精神が前衛から後衛へと位置を変え、銀河鉄道の旅の幻想性が一層リアリスティクな位相において描かれるようになったこと。第二に、「がらんとした冷いとこ」という説明は後期形における「先生」の講義内容にはなく、ブルカニロ博士から「先生」への移行が未だ不整合のまま（ということはこの作品が未完成のまま）残されていること。そして第三に、この不整合が暗示するブルカニロ博士と「先生」との微妙な相違点が二つのテクストの〈相互テクスト〉性を明らかに示していること。以上三点である。初期形のブルカニロ博士と後期形の「先生」は（「風の又三郎」の「先生」の場合と同様に）詩人の〈作者意識〉の投影として読まれるべきであり、ブルカニロ博士から「先生」への転身は〈作者意識〉による作品の変容の過程とその結果を同時に示しているのである。

夢から醒めたジョバンニがカムパネルラの父親である「博士」に出会う場面もまた、ブルカニロ博士の転身を示す重要な意義を持つことがわかる。

ジョバンニははっと思って涙をはらってそっちをふり向きました。さっきまでカムパネルラの座ってゐた席に黒い大きな帽子をかぶった青白い顔の瘦せた大人がやさしくわらって大きな一冊の本をもってゐました。

（「銀河鉄道の夜」初期形。傍点引用者）

ジョバンニはみんなの居るそっちの方へ行きました。そこに学生たち町の人たちに囲まれて青じろい尖ったあごをしたカムパネルラのお父さんが黒い服を着てまっすぐに立って右手に持った時計をじっと見つめてゐたのです。

（「銀河鉄道の夜」後期形。傍点引用者）

ブルカニロ博士（黒帽子の人）とカムパネルラの父親（博士）との共通点は明らかである。黒衣の青白い大人という描写は、まさしく宮沢賢治の肖像写真そのものではないだろうか。そしてまた、「一冊の本」（地理と歴史の辞典）を手に持つ黒帽子の人と「時計」を手に持つ「博士」は、共に〈四うか。

次元芸術〉の創造者として、賢治自身の理知的精神をこの上なく明確に物語っているのではないだろうか。

「あなたのお父さんはもう帰ってゐますか。」博士は堅く時計を握ったまゝ、またきゝ、ました。
（「銀河鉄道の夜」後期形）

「（……）ジョバンニさん。あした放課後みなさんとうちへ遊びに来てくださいね。」

さう云ひながら博士はまた川下の銀河のいっぱいうつった方へじっと眼を送りました。（同）

父の帰還という重大な事実を告げることによって孤独な少年に希望を与え「うちへ遊びに来てくださいね」と優しく誘う「博士」は、「大きな二枚の金貨」（「銀河鉄道の夜」初期形）を与え「これからは何でもいつでも私のとこへ相談においでなさい」（同）と誘うブルカニロ博士と全く同じ役割を果たしている。

銀河の構造を教授することによってジョバンニの旅を誘発した「先生」と、父親の帰還を予告することによって未来への希望を与えた「博士」は、共に現実的実在感を伴って転生したブルカニロ博士である。この二人の出現によってブルカニロ博士自身の使命は終わりを告げ、後期形において完全に消滅することになった。ブルカニロ博士の出現と消滅という初期形から後期形への生成のドラマは、一方では賢治自身の〈大人〉としての自己意識が超現実と現実との織烈な葛藤に遂に終止符を打ったことを告げ、他方では〈幼児性〉としての自己意識の化身であるジョバンニが自己を形成していく夢想空間を自立した世界として描くことによって、真に統合的詩空間と呼ぶべき〈四次元芸術〉を生み出したのである。

＊

以上のように、「銀河鉄道の夜」におけるブルカニロ博士の出現と消滅という生成のドラマは、初期形と後期形の〈相互テクスト〉としての意義を如実に物語っている。それは孤独な少年ジョバンニが自立した求道者として成長するまでの物語を構成しつつ、詩人が自らの〈幼児性〉を再構築する地歩を得るための試行錯誤の結実を物語っている。この点に宮沢賢治が真の天才であることの証明を見るのは、さほど困難ではない。なぜなら、天才とは失われた自らの〈幼児性〉を自己意識によって再構築し得るポエーシスの自在性に他ならないからだ。まさしく賢治は己れのポエーシスを自由自在に操る〈自己〉を見出すことによって自分自身の似姿《イマージュ》を作品に定着する天才を創造したのである。

宮沢賢治の〈四次元芸術〉とは、生成のドラマがそれ自体究極の作品たり得るという確信に基づいて仮構された超時間世界に他ならない。「銀河鉄道の夜」における時間のモチーフは時間の空間化による異次元世界の成立を示しているのである。

「銀河鉄道の夜」後期形の終結部において「博士」が手にしている時計（初期形においては地理と歴史の辞典）は、夢想空間におけるジョバンニの自己形成の超時間性を暗示しているかのようである。一見して息子の生死を確かめるべく合理的機能を果たしているかに思われる時計のモチーフは、（「風の又三郎」において「先生」が手にしていた「赤いうちは」の場合と同様に）「堅く時計を握ったまゝ」という繰返しによって殊更強い印象を読者に与えているようであり、夢想空間における時間と現実空間における時間を〈四次元芸術〉という魔術的時空の裡に統合しようとしているかのようだ。事実、ジョバンニが夢想による銀河の旅を体験したのは無限にも等しい長時間の出来事であったのが、現実の場面においては「そらぜんたいの位置はそんなに変ってゐないやうでした」というごく短時間の出来事であったように記されており、「もう駄目《だめ》です。落ちてから四十五分たちましたから」という「博士」の発言によって二つの世界における時間の相の違いが明瞭に示されている。

ところで、「博士」が手にしている時計は、一体如何なる意味を持っているのか。いうまでもなく、時間を空間化する道具としての象徴的機能を担っている。換言すれば、第一次稿から第四次稿への約十年間にわたる時の流れとその間に行われたテクストの生成運動を一挙に同一空間の裡に出現せしめようという超時間的〈投企〉の喩になっている。宮沢賢治の詩学における〈四次元芸術〉とは、このような時間の空間化による多元世界の創造に他ならなかった。時間の空間化とは、元来通時的な自己形成の過程を自己意識による自由自在な力動性として共時的世界に持ち込むことであり、失われた〈幼児性〉としての自己同一を超時間的自己同一として意のままに取り出せる装置を発明することである。この装置を発明することによって、宮沢賢治はその生涯の最後において作家としての磁場を遂に現前せしめたのであり、そこにあの愛すべき「デクノボー」の天才、セロ弾きのゴーシュを創造したのである。

＊

「セロ弾きのゴーシュ」は賢治童話の正真正銘の最後に位置する作品である。詩人は己れの最期を目前にして「あり得べき自画像」を作品に定着する方法を遂に確立し得た。「雨ニモ負ケズ」の極限的な自意識としての〈無私の精神〉が意味している単純明快な倫理は、以上のような試行錯誤による自己読解の究極に他ならなかった。

二流の（？）指揮者に馬鹿にされ、仲間の楽団員にも嘲笑され、夜中に必死の思いで行う練習のさなかにも猫やかっこうや狸や野ねずみの介入を受け、あらゆる人間的自尊心を粉々に砕かれたゴーシュの姿には、『注文の多い料理店』から「少年小説」四作品を経て遡生した作家としての賢治のいいしれぬほど深い諦観とそれ故の希望が暗示されている。人間的能力の限界を超えて宇宙論的実存を確立しようとした詩人の自己意識が最後に辿り着いた世界観とは、創造者としての自我をあくまで受動的な自存的実在として現前せしめようという悲愴なまでに平凡な意志の確立に他ならなかった。

「セロ弾きのゴーシュ」は『注文の多い料理店』におけるイノセンスの〈擬装〉を遂に内在化し肉化することによってイノセンスそのものの構築を実現した作品と見ることができる。その間に描かれた死すべき自己意識の表象たる登場人物たち――グスコーブドリ、レオーノ・キュースト、風の又三郎、カムパネルラ、そしてジョバンニ――を経て、生きるべき自己意識の表象たるゴーシュの姿が、銀河系の彼方（あるいは〈死〉の深淵）から遂にその姿を現した、というべきなのだ。「セロ弾きのゴーシュ」の最後の一行は、壮絶な自己意識のドラマを生き終えた詩人が〈生〉の極限において呟いた最期の述懐として限りない抒情を湛えているようである。

「あゝくゎくこう。あのときはすまなかったなあ。おれは怒ったんぢゃなかったんだ。」と云ひました。

ここで宮沢賢治の一生にわたる自己意識のドラマは遂に決定的円環を描き切ってしまったのだ。「ああかがやきの四月の底を／はぎしり燃えてゆききする／おれはひとりの修羅なのだ」（「春と修羅」）と叫んだ詩人の怒りが〈生〉の極限において遂に「おれは怒ったんぢゃなかったんだ」という呟きに昇華され、あらゆる〈生〉に対する積極的肯定という諦念としての意志の確立を示しているのである。宮沢賢治の一生における自己意識の生成過程は、このような円環を描くべき詩的力動性のドラマを創造し得ている。そこにどのような〈生〉の理念を見出すにせよ、どのような〈死〉の観念を見出すにせよ、更に如何なる虚構を見出しそこに読者自身の如何なる自己意識を投影するにせよ、宮沢賢治のポエジーは絶えず変容を続ける試金石として読者のポエーシスを駆り立てて止まない。そしてこの試金石となることが宮沢賢治の詩学だったのであり、彼は一生自らの詩学に試され続けたのである。

6 「セロ弾きのゴーシュ」の他者性

宮沢賢治は、生涯〈他者〉との隔絶感に脅えつづけていた人である。年譜に記されたいくつかのエピソードがこのことを語っているし、作品に登場する多くの主人公が〈他者〉の像をつかもうとしてつかみきれない焦慮を示していることからも、賢治の〈他者〉意識の深刻さがうかがわれる。代表作「銀河鉄道の夜」のジョバンニもまた、〈他者〉との関係の落差に懊悩する人物として描かれている。ジョバンニの旅は何を意味していたのか。〈他者〉としてのカムパネルラを発見するまでの試練としての銀河体験を、である。カムパネルラの曖昧性と神秘性は、全て賢治の〈他者〉に対する脅えのあらわれと考えられる。

無論、この場合〈他者〉とは賢治の自己意識がとらえた特定の〈他者〉、対なる幻想を分有する鏡像としての〈他者〉であり、〈自－他〉の関係の全体においてとらえられたもう一つの自己としての対他存在と見ることもできる。したがって、〈他者〉としてのカムパネルラを発見することは、自己の内部から対としての〈自－他〉の関係を放逐して〈他者〉を確立――と同時に〈自己〉像を確認――することを意味していた。「けつしてひとりをいのつてはいけない」（「青森挽歌」）という命題――〈個〉への執着を放棄すること――は、すべての人間とのコンパッションへの祈りであるとともに、〈自－他〉の関係へのパッションを断念することをも意味していた。カムパネルラを喪失＝発見するまでの銀河体験は、おそらく妹トシの死を契機とする、〈対なるもの〉へのパッションの断念というモチーフを追求する企てだったのであり、同時に、自己の外部に実在する〈他者〉を虚構の人物として確立するまでの経験でもあった。

「ポラーノの広場」の後期形において、主人公レオーノ・キューストが初期形におけるキューストとは別人となって、農民たちに対する外部からの関係を肯定しようとする意志を確立している、という観点はすでに提起したが、同様の別人化――自己の外在化――というモチーフは、たとえば「グスコーブドリの伝記」の自己犠牲という主題の中にも見られ、賢治が晩年に〈虚構〉の確立にかけた夢をありありと示している。いわば賢治は、詩人としての直接体験を過去の現象として再把握し構築しなおすことによって〈虚構〉の水位を測定し、そこに生きるべき〈対他意識〉の喩としての登場人物を定位することを企てた。

　賢治の最後の童話作品と見られる「セロ弾きのゴーシュ」が紡ぎ出している微かな寂寥に充ちた物語的抒情とは、以上のような〈虚構〉の水位の確定に基づく〈他者〉の出現というモチーフに拠るものであり、「あり得べき自画像」としてのゴーシュの位相もまた、〈虚構〉の水位において検討されなければならない。ゴーシュとは、作者の分身でも化身でもなく、また〈自己像〉でもなく、自己意識の外部に放逐された〈対他性〉が〈虚構〉の水位に置かれることによって全人格的な存在と化した〈他者〉にほかならない。従来のゴーシュ＝賢治という等式にはいくつもの前提が必要であり、むしろゴーシュと賢治の不等式にこそ、我々は視線を注ぐべきだろう。

＊

これまで「セロ弾きのゴーシュ」についての多くの論考が、管見の限りでは、ほとんど全てゴーシュ＝賢治の等式を信じて疑わない観点に立っていることが、私には異様に思えてならない。たしかに、朝は畑で働き午後は町の活動写真館でセロを弾き、夜中は遅くまでセロの練習に励む、というゴーシュの生活は、微妙なずれを含みながらも羅須地人協会時代の賢治の姿を彷彿させるものといえる。だが、そのような表層における類似にも関わらず、ゴーシュと賢治の間には、決定的な相違があるのではないだろうか。

第一に、プロの楽士という設定が、ゴーシュのアイデンティティを賢治の自己像とはかけはなれた性質のものにしている。「農民芸術概論綱要」の理念とはおよそ相容れない「音楽を専門にやってゐる」ゴーシュに、賢治自身の自己像が投影されているとは考えにくい。第二に、羅須地人協会における賢治の立場は農民たちの指導者（先生）という啓蒙性の上にあり、ゴーシュの置かれているかけだしのプロという立場とは全く異なる位相にあった。地人協会時代の賢治の投影をこの作品に求めるとすれば、ゴーシュよりはむしろ「金星音楽団」の指導者たる楽長に見出されると考えるべきだろう。ゴーシュと同じくプロの楽士であるという点において、楽長をそのまま賢治の自己像と見ることにはやはり違和感がつきまとうが、少なくとも登場人物たちの相互関係に注目すれば、作者の自己意識のある部分がこの人物に託されていることはたしかなのだ。楽長の位相については後述するとして、とりあえずここではゴーシュを作者自身の投影と見ることの不自然さを強調しておきたい。「セロ弾きのゴーシュ」は、楽長とゴーシュの関係の在り方を描くことによって、〈自己〉（楽長）から〈他者〉

（ゴーシュ）への願望の成就、という隠された主題に支えられているのである。事実、ゴーシュは三毛猫やかっこうを相手にして「ひるま楽長のしたやうに足ふみしてどな」ったり「どんと床をふ」んだりしているのだ。

ゴーシュは賢治ではない。では、具体的にいってゴーシュとは誰なのか。賢治の書簡集を辿っていくと、少なくとも二人の人物がゴーシュの祖型として浮かび上がってくる。一人は賢治の農学校教師時代の友人であった音楽教師藤原嘉藤治であり、もう一人はやはり農学校時代の教え子であった沢里武治である。前者は、賢治の身近にいた「音楽を専門にやってゐる」人物として、ゴーシュの祖型となる資格を十分備えていた。そして後者は、賢治（＝楽長）との関係においてゴーシュと同様の位相に置くことができる。

藤原嘉藤治の述懐にもあるように、ゴーシュが持つ「孔のあいたセロ」は、もともと原彬という「盛岡の映画館で活動の楽士をしていた」人物から、嘉藤治→賢治と渡ったチェロがモデルになっている。おそらく藤原嘉藤治から賢治に伝えられたであろうその楽器の出自――活動写真館の楽士が持っていた孔のあいたセロ――に音楽の専門家である藤原嘉藤治の像を重ね合わせることによって、「セロ弾き」の原型は出来上がった。

盛岡の公会堂の音楽会にも出ることになったんです。その話をしたら、宮沢君が、そのチェロではわかねえのだからおれのチェロをもっていけ、というので、じゃあ貸してくださいというと、どうせおれは弾けないのだからだまっておまえさんのもってるチェロと取り替えてくれ、ということになった。それでぼくの穴のあいた五〇円のチェロと宮沢君のチェロと交換して、盛岡の演奏会で弾きました。

（対談「音楽観・人生観をめぐって」藤原嘉藤治／井上敏夫、「宮沢賢治」五号、一九八五年）

こうして原彬（楽士）→藤原嘉藤治（音楽教師）→宮沢賢治と渡ったチェロは、「セロ弾きのゴーシュ」で次のように描写されることになる。

その晩遅くゴーシュは何か巨《おお》きな黒いものをしょってじぶんの家へ帰ってきました。（中略）ゴーシュがうちへ入ってあかりをつけるとさっきの黒い包みをあけました。それは何でもない。あの夕方のごつごつしたセロでした。

いわくつきのチェロは、このようにしてゴーシュという〈虚構〉の人物を創出するのに重要な役割を果たした。プロの音楽家－活動写真館－孔のあいたチェロ、というイメージの連鎖が〈他者〉としてのゴーシュを生成せしめたといえよう。

ゴーシュの〈他者〉性を想起させるもう一人の人物、沢里武治は、より具体的な形で作品に影を落としていると思われる。現在確認されている十七通の沢里宛書簡の多くは、音楽をめぐる師弟関係を彷彿させるものだが、そこには、楽長（賢治）－ゴーシュ（沢里）の関係が透けて見えはしないだろうか。「風の又三郎」の執筆経過を報告するほどの親密な間柄にあったこの二人は、音楽を軸に多くの関わりを持っていた。例えば次のような提言がある。

作曲の方はこれからもどしどしやられ亦低音部がゆるやかに作ってあればセロも入れられるでせう
し第一に歌詞ない譜曲だけスケッチして置かれれば歌詞は私が入れませう。

（昭和六年八月十八日付沢里武治宛書簡）

ちなみに、『新修宮沢賢治全集』（筑摩書房）には昭和六年九月九日付書簡への《備考》として沢里の回想が採録されているが、それによると「風の又三郎」の「どっどどどうど……」の歌の作曲を依頼され、それに答えられなかった沢里が「賢治の意図にそえなかったことを悔み、岩手師範学校専攻科に進んで音楽の勉強をやり直すこととなる」とある。「意図にそえなかったことを悔み」「音楽の勉強をやり直す」というのは、楽長に叱責されて必死にチェロの練習をするゴーシュの像を想起させはしないだろうか。

当時すでに病床にあった賢治は、沢里の「音楽の勉強」に力を貸すことはできなかった。「セロ弾きのゴーシュ」の楽長もまた、ゴーシュの練習に直接力を貸そうとはしないのだが、そのかわりさまざまな動物がつぎつぎとゴーシュの小屋をたずねてきて、チェロの練習を（結果として）手伝うことになる。この動物たちはゴーシュが楽長に指摘された欠点——感情がでていない、ドレミファがなっていない、いつもつまずくように遅れる——を克服するのにひと役買うのであり、その結果、ゴーシュは楽長を感嘆させるまでに上達するのである。おそらくこのエピソードには、賢治が沢里に託した音楽の夢というべき願望が、少なからずこめられている。作品に登場する四つの動物は、楽長＝賢治がゴーシュ＝沢里のもとに派遣した音楽の精霊なのである。

以上のように、ゴーシュは賢治自身ではなく具体的な〈他者〉の像として描かれている。勿論私は、ゴーシュが藤原嘉藤治あるいは沢里武治である、という断定を下したいのではない。私の目的は別のところにある。ただ、あまりに短絡的にゴーシュ＝賢治の等式を前提とするかぎり、この作品の重要モチーフである〈他者〉の確立という命題は見えてこない、という点を重視し、具体的なレベルでの〈他者〉の影をゴーシュの形姿の裡に確認しておきたかった。ゴーシュとは仮構された〈他者〉にほかならないのである。

＊

賢治の「少年小説」四作品に通底する「先生」のモチーフの重要性については既に論じた。その結論は、詩人の〈作者意識〉の諸相という観点に収斂するものだった。クーボー博士－キュースト－又三郎－ブルカニロ博士という系列の示す「先生」像は、エクリチュールの主体たる〈作者意識〉の象徴と考えられ、詩人は、これらの人物を描くことによって、作者としての自己を自立した位相に置く企て――と同時に〈読者意識〉をも自立せしめる企て――に賭けていた。その典型ともいうべき作品「風の又三郎」では〈彼方〉に去った（又）三郎と〈此方〉に停まる「先生」とに分裂した〈作者意識〉が、嘉助と一郎という二人の登場人物に分裂した〈読者意識〉の相と相俟って、この作品に詩的多元論と呼ぶべき重層構造を与えている。また、「銀河鉄道の夜」におけるブルカニロ博士の出現と消滅という初期形から後期形に至るドラマは、「風の又三郎」で分裂相を示した〈作者意識〉の在り方に一つの結論を与えている。ブルカニロ博士が消滅して、かわって現実の場面に登場する「先生」と「博士」の像は、詩人が超越性への願望を放棄して以後は自らの限界領域を認識した上での啓蒙性を確立する意志のあらわれだった。そしてこの意志は「銀河鉄道の夜」初期形における「セロの声」

をも消去して、後期形において現実の場面に登場する「先生」の像をさらに暗示的なものとして確立した。それと同時に、「セロの声」は「セロ弾き」となって別の作品での再現が要請され、「先生」の啓蒙的暗示性の宿るいわくつきの物体――「何か巨きな黒いもの」――として再登場することになる。「セロ弾きのゴーシュ」では、「先生」としての啓蒙性をもはや明示できなくなった詩人が、現実の限界領域において己れの〈暗示能力〉に望みを託すべく「セロ弾き」という主人公と「楽長」という「先生」を構想した。怒鳴り足踏みならして楽長は注意を与えはするが、「少年小説」四作品における「先生」たちのように直接〈他者〉の領域に介入しようとはしない。というのも、彼は病床の賢治の分身にほかならないからである。

「困るなあ。ぼくはきみにドレミファを教へてまでゐるひまはないいんだがなあ。」

まさしく、彼は困惑するしかないのだ。楽長がゴーシュに述べる言葉のなかには、賢治の〈他者〉に対する無力感とそれ故の困惑が秘められている。物語の終わり近くなって、演奏会が成功裡に終了した後でゴーシュをほめる楽長の言葉にもまた、賢治の困惑が込められている。

「いや、からだが丈夫だからこんなこともできるよ。普通の人なら死んでしまふからな。」楽長が向ふで云ってゐました。

頑健だからこそ自己変革に成功したゴーシュを眼前にして寂しげに呟く楽長の像には、晩年の賢治の姿が投影されてはいないだろうか。楽長が物語の冒頭で示す焦りと苛立ちは、楽団員を指揮しながら彼らの中に、とりわけ最も下手くそな「デクノボー」ゴーシュという〈他者〉の中に、踏み込むことのできない己れの限界に対する憤りと見ることもできる。農民たちの活動に〈外側〉から協力するしか術のなかった「ポラーノの広場」のキューストとともに、楽長は羅須地人協会時代の賢治の〈虚構〉における自画像と考えられるのである。

*

「セロ弾きのゴーシュ」の中心は、何といっても動物たちが登場する四夜にわたるエピソードである。四つのエピソードに登場する三毛猫、かっこう、狸の子、野ねずみの母子は、細部に至るまで魅力的に活写され、この作品を〈童話〉としての完成の域にまで高めている。高慢ながらウィットとユーモアに富んだ三毛猫、執念深い努力家のかっこう、無邪気で敏感な子狸、謙虚さと切実さを体現する野ねずみ。これらのキャラクターが賢治の童話作品の最後に描かれたのはなぜか。いうまでもなく、詩人宮沢賢治の自己意識の所在を明らかにするためなのだ。四つの動物の特性をあえて一言で定義するなら、三毛猫のノンシャランス、かっこうのパッション（情熱＝受難）、子狸のイノセンス、野ねずみのコンパッション（共感＝憐憫）、ということになるだろう。これら四つの特性は、『注文の多い料理店』から「少年小説」四作品を経て最晩年の創作に至る賢治のポエーシスに一貫した主題だった。したがって、「セロ弾きのゴーシュ」におけるこれらの主題の再現は、詩人の自己像を新しい位相の下に統合する企図を示していると考えられる。つまり、四つのエピソードに現れる動物たちは、詩人の分化した自己像——複数化した自己——そのものなのだ。自己読解の魔にとりつかれ、生涯悩みつづけた詩人が死を悟った後にようやく見出した複数としての自己が、〈他者〉としてのゴーシュを自立せしめるために、換言すれば〈自－他〉の関係を分断して各々を自立せしめるために、〈虚構〉の水位に姿を現したのである。

動物たちが出現するのは、練習に疲れ切ってゴーシュの意識が定かでなくなった状態においてである。真夜中を過ぎて「もうじぶんが弾いてゐるのかもわからない」朦朧とした状態、現実と夢想の区別も定かでなく、何が起こっても不思議とは感じられない状態において、ノンシャランス、パッション、イノセンス、コンパッションの精霊たちがゴーシュを訪問する。このような状態はまた、詩人がかつて『注文の多い料理店』の序文に記したイノセンスとノンシャランスの表明――「ほんたうにもう、どうしてもこんなことがあるやうでしかたない」という言葉によって示された切実な幻想意識――と呼応してもいる。ただ、『注文の多い料理店』と「セロ弾きのゴーシュ」の間の決定的な違いは、前者においてはこのような夢幻状態が詩人の〈読者意識〉の側から――作者自身が一人の読者であることを表明した上で――言及されているのに対して、「セロ弾きのゴーシュ」では、このような設定が〈作者意識〉によって、より意図的に構築された〈虚構〉の領域において物語全体のプロットを支える要素となっている、という点にある。

『注文の多い料理店』で〈読者意識〉を方法上の核とする〈童話〉の生成を志した詩人は、「少年小説」四作品を中心とする自己意識のドラマを経験することによって〈作者意識〉の喩たる「先生」の位相を確立し、そこに〈他者〉との関係の所在を仮構することになった。「セロ弾きのゴーシュ」では、複数化した〈作者意識〉が物語に登場することによって、逆に作者自身の像は物語の表層から消えることになり、〈虚構〉の自立性が獲得されることになった。複数の視線によって捉えられる焦点には〈他者〉の像が存在し、〈自己〉は物語の背後に退くことができた。換言すれば、〈他者〉との隔絶感を一定のフォーカスに捉えることによって、〈自／他〉の分断を意識的な方法として思想化する契機となった。したがって、賢治はここで〈虚構〉の原理を確たる基盤において成立せしめたということができる。要するに、彼は〈作家〉に変貌したのである。

＊

「セロ弾きのゴーシュ」において詩人はついに〈虚構〉を手に入れた。主人公ゴーシュは純粋に客観的な視線によって外側から描出され、詩人の自己表出性を能う限り排除して純然たる〈他者〉となり得ている。したがって、〈他者〉の確立とはまた〈対他意識〉の完成でもあった。楽長に具現された〈対他意識〉の究極像は、「作者＝先生＝指揮者」を〈幼児〉と対位する〈大人〉の位相に置くことによって〈虚構〉の生成＝詩的創造《ポエーシス》の終局を暗示している。変容のエネルギーを喪失してポエジーであることを断念したエクリチュールが、〈童話の詩学〉を放棄して〈虚構〉の確立を促したのである。だとすれば、「セロ弾きのゴーシュ」が〈童話〉である根拠はどこに求められるか。言い換えれば、〈大人〉から〈幼児〉へのメッセージとしての〈童話〉性はどこにあるのか。

　子供が感情移入の愉楽を覚えるのは、ゴーシュの像にではなく、四つの動物たちの像に対してである。三毛猫－ノンシャランス、かっこう－パッション、子狸－イノセンス、野ねずみ－コンパッション、というそれぞれの特性は、〈童話〉の核を成す〈幼児〉性を四元論的に構成するのであり、その意味において、子供にとってもまたゴーシュとは〈他者〉にほかならない。したがって、主人公ゴーシュはこの作品において子供でも大人でもない〈青年〉として設定されている。ゴーシュが真夜中に行うセロの練習という儀式は、〈青年〉が〈大人〉になるための通過儀礼といえるのだが、それは〈幼児〉性との対位を獲得することによって終了するものだった。

敷衍していうなら、〈青年〉ゴーシュは〈幼児〉の特性であるノンシャランスと敵対し、これを放逐し、同じくパッションに対しては共感を覚えつつも訣別を決意し、イノセンスには幾分受動的な好感を抱き、コンパッションにはためらいがちな同情を示している。これらのエピソードはいずれも、〈青年〉が〈大人〉になるために不可欠な自己確認の喩として描かれており、その背後には〈死〉による〈生〉の完結を自覚した詩人の最後の〈他者意識〉が働いている。四つのエピソードが暗示する〈幼児〉の特性は、賢治が〈他者〉に対して投げかけた思想上の問いかけなのである。これに対するゴーシュの答は、賢治にとっておそらく唯一、是認し得る〈他者〉のあり方として提出されている。即ち、ノンシャランスを否定してイノセンスを許容することと、パッションの喪失を甘受してコンパッションを確立すること。こうした思想は、三毛猫に対する暴力的能動性と子狸に対する親和的受動性、かっこうへの哀惜と野ねずみへの慈愛、という二種類の対位によって示されている。

作品の末尾に記されている、

「あ、くゎくこう。あのときはすまなかったなあ。おれは怒ったんぢゃなかったんだ。」

という述懐は、〈青年〉が〈大人〉になるための夜の経験を通過したゴーシュが、失われたパッションへの哀惜を語る一節として限りない抒情を湛えている。というのも、この一節にあらわれた抒情とは、まさしく抒情の喪失そのものが醸し出す詩人の最期のポエジーにほかならないからだ。おそらくこの部分においてのみ、賢治はゴーシュに同化しているといえる。この一行を書き終えた時、賢治は自らの詩的創造《ポエーシス》の終局を意識したにちがいない。それは、〈自己〉と〈他者〉の乖離を知悉した詩人が、両者の像を詠嘆の裡に共鳴させることによって、〈抒情の宿命〉を〈作品〉として完結させた一瞬なのである。

夜明けの空に向かって「どこまでもまっすぐに飛んで行ってたうとう見えなくなって」しまったかっこうは、抒情の喪失を暗示している。詩人は抒情の喪失をポエーシスの終局として不可避なものと容認し、その空隙に〈他者〉の確立＝〈虚構〉の完成を企てるのである。詩人は抒情の喪失と同時に〈虚構〉を完成した。「永遠の未完成」（「農民芸術概論綱要」）としての「四次元芸術」に、ついに〈作品〉としての構成が与えられたのである。

＊

「セロ弾きのゴーシュ」の主旋律というべき「インドの虎狩」という怪曲は、「永遠の未完成」であるべきポエーシスの力動性が、最後に〈作品〉として完成されることによってその終局に達したことを告げている。三毛猫（ノンシャランス）を放逐するために「嵐のやうな勢で」奏でられた「インドの虎狩」の旋律は、終わり近くゴーシュがアンコールに答えて演奏する場面では「まるで怒った象のやうな勢で」弾かれはするものの、すでに完成された楽曲と化しており、「みんなかなり本気になって」聴くべき〈作品〉に変容しているのだ。では、それまで（少なくともゴーシュにとって）未完成だった「インドの虎狩」が、最後になって完成した〈作品〉となってあらわれるのはなぜか。この旋律が賢治のポエーシスの喩であるからだ。はじめ、三毛猫を追い払う場面ではこの旋律はゴーシュの感情そのものとなって「ぱちぱち火花を」出したり「青くひかる」閃光を発したりした。ポエーシスの生成エネルギーが三毛猫（ノンシャランス）を脅かしたのである。だが、最後に演奏された時、すでに〈作品〉と化した旋律は、ポエーシスそのものの力動性を失くしているために、「聴衆はしいんとなって一生けん命聞いてゐます」と、描写されるだけなのだ。

「インドの虎狩」の〈作品〉としての完成、ゴーシュの〈他者〉としての自立、そして「セロ弾きのゴーシュ」という作品の〈虚構〉としての確立――これらはいずれも、〈死〉の意識によって〈生〉の全体像を垣間見た詩人が自己意識の終局像として描き出した〈作者意識〉の完結相を示している。楽長がゴーシュに語る次の一節は、〈作品〉の完成が〈生〉の完結と呼応することを暗示しているのである。

「一週間か十日の間にずゐぶん仕上げたなあ。十日前とくらべたらまるで赤ん坊と兵隊だ。やらうと思へばいつでもやれたんぢゃないか、君。」

〈作品〉の完成とは〈他者〉の確立にほかならない。「十日前」とは全くの別人と化したゴーシュがここに現れたのである。「やらうと思へばいつでもやれた」というのは賢治自身の述懐でもある。だが、賢治は〈作品〉の完成（仕上げ）をいつも一瞬延ばしにすることによって詩的創造《ポエーシス》の生成エネルギーを生涯保持しつづけた詩人であった。そして今、自らの〈生〉の終焉をむかえて詩人の〈作者意識〉が終局を必要とし、完結への意志――しめくくりのトポス――を要請することになった。ゴーシュが〈他者〉として確立されたのはそのためであり、賢治にとって〈他者〉との隔絶感はもはや克服すべき障害としてではなく、自身の当為として認識すべき事実にほかならなくなった。詩人は〈死〉の側から見た〈生〉を〈作品〉に構成することによって〈自己〉と〈他者〉の対位を確立し、そこにポエジーの終局像たる物語を構築することによって自ら〈生〉の円環を閉じたのである。

＊

ゴーシュとは、晩年の宮沢賢治が仮構したあり得べき他者像である、ということはつまり、その祖型に具体的な他者のイメージを内包しつつ、そうした他者のイメージに賢治自身の理想を重ねることによって、自己と他者の全面的な交感の夢を実現した虚構存在である、ということだ。要するに、作品「セロ弾きのゴーシュ」とは、宮沢賢治の〈他者性の詩学〉生成の場であったのだ。以下にもう少し詳しくその生成現場を描いてみることにする。

ゴーシュと動物たちの夜ごとの交流が作者にとって何を意味していたのかは、すでに述べた。手短に繰り返すなら、猫のノンシャランスとかっこうのパッションを否定して、狸のイノセンスと野ねずみのコンパッションを肯定する、という作者晩年の態度表明を示している、ということだ。だが、この言い方は実はあまり正確ではない。「否定する」や「肯定する」というのはゴーシュの立場からの言い方であるのだから、ここで私は（つい）「ゴーシュ＝賢治」の立場からの言い方を踏襲してしまったことになる。正確には、賢治自身のノンシャランスとパッションが否定され、イノセンスとコンパッションが肯定された、というべきだった。誰によってか？〈他者〉としてのゴーシュによって、である。賢治にとって、子供が大人になる（なってしまう）ということの意味は、〈他者〉によって己のノンシャランスとパッションを否定されることにほかならなかった。だが、イノセンスとコンパッションだけはなんとしてでも死守しなければならない。そうでなければ大人とは、単に堕落した子供にすぎなくなってしまう。この作品が〈童話〉としてのなんらかの寓意性をもっているとしたら、その教訓とはおそらくそんなところにあるのだろう。だから、ここで注目すべきは、〈自己〉の喩である動物たち——「楽長（賢治）」が派遣した音楽の精霊たち——のキャラクターと、それに対する〈他者〉ゴーシュの在り方なのだ。

この点を明らかにするために、「セロ弾きのゴーシュ」に登場する動物たちの特徴がよくあらわれている場面を、まず前半の二つのエピソードから引用してみよう。

①すると猫は肩をまるくして眼をすぼめてはゐましたが口のあたりでにやにやわらって云ひました。
「先生、さうお怒りになっちゃ、おからだにさはります。それよりシューマンのトロメライをひいてごらんなさい。きいてあげますから。」

②するとくゎくこうはどしんと頭を叩《たた》かれたやうにふらふらっとしてそれからまたさっきのやうに「かっこうかっこうかっこうかっかっかっかっかっ」と云ってやめました。それから恨めしさうにゴーシュを見て
「なぜやめたんですか。ぼくらならどんな意気地のないやつでものどから血が出るまでは叫ぶんですよ。」と云ひました。

この二つの動物の年令は（もちろん人にたとえればの話だが）おおよそ見当がつくだろう。まず①

の猫は、驕慢でそのくせ大人の社会的責任に未だ目覚めてはいないノンシャランな態度からみて、おそらく二十代前半、青春期の只中にある存在とみなされよう。この時期の賢治の伝記を見るとどうなっているか。農学校を優秀な成績で卒業して研究生となり、家業を手伝いながら土性調査の仕事をしたり、人工宝石の事業を父に提案したり、またアンデルセンの童話をドイツ語で読み、その影響の強い初期童話を書いたりしていた頃だ。青春期に特有の慢心が（あの宮沢賢治といえども）随所に顔を出していることに気付く。ちょうどこの頃に書かれたと思われる短編「猫」には、「アンデルゼンの猫を知ってゐますか。／暗闇で毛を逆立ててパチパチ火花を出すアンデルゼンの猫を。」とあって、ゴーシュの弾く「インドの虎狩」の猛威によって火花を散らす三毛猫の祖型が、この時期にすでに描かれていたことがわかる。短編「猫」の末尾には「どう考へても私は猫は厭ですよ。」とあって、青春期の賢治が猫を嫌っていたことがうかがえるが、見方を少し変えてみるなら、猫のもつ神秘的かつ魔的な雰囲気が自己像の測り難さに結び付いて、その困難から生じる自己嫌悪の気持ちがこうした形象を生み出した、という読みもできそうだ。晩年の賢治が「セロ弾きのゴーシュ」を書くにあたってそうした過去の自作を思い浮かべていたかどうかはともかくとして、己の青春期の慢心への嫌悪が「三毛猫」に対するゴーシュの暴力的態度として作品化された、という推測は十分に成り立つものと考えられる。要するに、猫は青年期の〈自己〉のメタファーであり、これに対するゴーシュの態度はそうした青年期の驕慢を許さぬ〈他者〉の在り方を示しているのだ。

次に②のかっこうはどうか。音楽を上達するためにはどんなに苦しい努力をも厭わないというかっこうの切実さは、賢治自身の思春期以来の自己像を示してはいないだろうか。大正十五年十二月（三十歳）に東京のある音楽家を訪れた賢治がわずか三日間でセロの手ほどきをしてほしいと頼み込んだ、という有名なエピソードがあるが、このような性急さ、切実さは早くから賢治の性癖にあらわれていたものだ。ここでは大正五年三月（十九歳）の作とされる短歌「くわくこうの／まねしてひとり行きたれば／ひとは恐れてみちを避けたり」に注目しておきたい。おそらく「かっこう」のメロディとリズムが賢治の耳の奥にこびりついてでもいたのだろう。いわば詩的リズムのオブセッションともいうべき何かが詩と音楽への欲動の根源にあり、その欲動の切実さが思春期特有の情念と相俟って自己像としての「くゎくこう」――それは「ひと（＝他者）は恐れてみちを避け」るほどの深刻さを帯びている――を導き出したと考えられる。この情熱《パッション》は、大人（ゴーシュ）といえどもそう簡単に抑えられるものではない――そう、ちょうど日蓮宗の信徒としての賢治の切実さを父が抑え切れなかったのと同様に。〈他者〉ゴーシュは、夜明けの太陽に向かって一目散に飛び立とうとするかっこうのために「思はず足を上げて窓をばっとけりました」とあるように、とっさの行動でこれに協力するしかないのだ。割れた窓ガラスはおそらく、〈自己〉を映し出す鏡の破片でもあるだろう。

＊

四つの動物たちのエピソードのうち、前半の二つと後半の二つの間に明確な対照が見られることはしばしば指摘されている通りだが、たしかに、「三毛猫」「くゎくこう」に対するゴーシュの態度と「狸の子」「野ねずみ」に対する態度の間には、はっきりとした相違が見られる。一言で述べてしまうなら、前者の態度には異和・嫌悪・否定が示され、後者には親和・好意・肯定が示されているのだ。この〈異和→親和〉の転換点には、ゴーシュと子狸の間に交わされる次のような会話が見出される。

「こら、狸、おまへは狸汁といふことを知ってゐるかっ。」とどなりました。すると狸の子はぼんやりした顔をしてきちんと床へ座ったまゝ、どうもわからないといふやうに首をまげて考へてゐましたが、しばらくたって
「狸汁ってぼく知らない。」と云ひました。ゴーシュはその顔を見て思はず吹き出さうとしましたが、まだ無理に恐《こは》い顔をして、
「では教へてやらう。狸汁といふのはな。おまへのやうな狸をな、キャベジや塩とまぜてくたくたと煮ておれさまの食ふやうにしたものだ。」と云ひました。すると狸の子はまたふしぎさうに
「だってぼくのお父さんがね、ゴーシュさんはとてもいゝ人でこはくないから行って習へと云ったよ。」と云ひました。そこでゴーシュもたうとう笑ひ出してしまひました。

そう、〈他者＝ゴーシュ〉は決して「こはくない」のだ。「狸の子」は〈他者／世界〉への異和を覚える以前の少年のメタファーであり、無垢《イノセンス》＝無心の精霊であり、緑なす楽園の住人である。なんとしても今日こそは邪魔者を初めから追い払おうと決意していたゴーシュも、「狸の子」の無邪気《イノセンス》さを前にして「たうとう笑ひだして」しまい、その笑いの瞬間、〈異和→親和〉の決定的転換が行われたのである。「怒り」から「笑い」へのこの転換の一瞬こそ、〈他者〉に対する脅えをついに賢治が克服した瞬間でもある。「狸の子」は少年期の賢治の自己像であるとともに、晩年のあり得べき自己像でもあったのだ。ついでに、このような恐怖の克服を可能にした重要な要素が、ある意味で理想的な〈父性〉であったことにも注目しておこう。「ゴーシュさん（他者）はとてもいゝ人でこはくない」と教えたのはほかならぬ「お父さん」なのだ。このイメージは、賢治童話のいたるところに登場する〈大

いなる父〉――カムパネルラの父やタネリの父、それに「セロ弾きのゴーシュ」の楽長など――の系譜につながるものである。(先に私が「楽長」を賢治自身の自己像の一つと仮説したのも、このような「父－子」一体となった統合的なキャラクターに留意したからにほかならないのだが、この点にはまた後で触れる。)

こうして対他意識の脅えを克服した「狸の子」(＝少年期の自己)は、今では何の異和も覚えずに「ゴーシュさん」に本当のことをありのままに言うことができる。

「ゴーシュさんはこの二番目の糸をひくときはきたいに遅れるねえ。なんだかぼくがつまづくやうになるよ。」

ゴーシュははっとしました。たしかにその糸はどんなに手早く弾いてもすこしたってからでないと音が出ないやうな気がゆふべからしてゐたのでした。

「いや、さうかもしれない。このセロは悪いんだよ。」とゴーシュはかなしさうに云ひました。すると狸は気の毒さうにしてまたしばらく考へてゐましたが

「どこが悪いんだらうなあ。ではもう一ぺん弾いてくれますか。」

先に「楽長」が指摘した(そしてそれにゴーシュが反発を感じた)「つまづくやうに」遅れるゴーシュの欠点を、イノセンスの精霊である「狸の子」はいとも率直にあっけらかんと口に出すことができる。その率直さに素直に反応するゴーシュもまた、ここである種のイノセンスに目覚めたといえるのだ。まさにこの点にこそ、ゴーシュがただの〈他者〉に止まらず、新たなる〈自己〉へと昇華され

ていく契機が秘められている。ゴーシュは〈他者〉である。だが、この〈他者〉は物語の展開に沿って次第に高次化されていきついには〈自己＝他者〉の統合体へと変貌を遂げていく〈他者〉なのだ。最後の「野ねずみ」のエピソードを見てみよう。


野ねずみはばたばたしながら中のこどもに叫びました。

「おまへそこはいゝかい。落ちるときいつも教へるやうに足をそろへてうまく落ちたかい。」

「い、。うまく落ちた。」こどものねずみはまるで蚊のやうに小さな声でセロの底で返事しました。

（中略）

こどものねずみはすこしもへんじしないでまだしばらく眼をつぶったま、ぶるぶるぶるぶるふるへてゐましたがにはかに起きあがって走りだした。

「ああよくなったんだ。ありがたうございます。ありがたうございます。」おっかさんのねずみもいっしょに走ってゐましたが、まもなくゴーシュの前に来てしきりにおじぎをしながら「ありがたうございますありがたうございます」と十ばかり云ひました。


「狸の子」のエピソードが〈父－子〉の物語であったのに対して、「野ねずみ」のエピソードは〈母－子〉の物語である。少年期から更に遡った幼年期の〈自己像〉がここに描かれているのだ。徹頭徹尾〈母〉の庇護のもとに置かれた〈母－子〉一体の楽園がみごとな簡潔さの中に描き出されている。

他方、ゴーシュはと言えば、こうした〈共感《コンパッション》〉にどうしてものめりこまざるを得ないかのように

――「何がなかあいさうになって」――、精一杯の贈り物であるパンを野ねずみの母子に分け与える。ここでパンを与える、という行為は非常に暗示的である。なぜなら、パンとはキリスト教でいうところの「聖体」つまり「神の肉体」の一部であり、まさしく〈大いなる父〉のメタファーであるからだ。ということは、ここでゴーシュは己の〈父性〉にいくらかは目覚めたことになる。事実、「野ねずみ」の子供をセロの響きで治療してやり優しく母親を諭すゴーシュの姿は、限りなく〈父〉のイメージに近接していると言える。ということは、「楽長」の〈父性〉がここでゴーシュに乗り移ったことになる。言い換えれば、〈自己＝他者〉の間主体存在《アンテルエゴ》がここで誕生したということだ。

＊

「セロ弾きのゴーシュ」に登場する動物たちのキャラクターは、賢治自身の断片化した自画像である。「断片化」ということの意味は、これらの動物たちが作者の肖像を単純化した戯画として描かれている、ということであって、賢治の自己像の多面性がそれぞれに一つの側面においてしか描かれていない、ということだ。だが、そうした一面的な戯画であっても、それを四つ重ね合わせれば、それなりに多様な側面をもつ近似値的な自画像を描き出すことができる。三毛猫のノンシャランス、かっこうのパッション、子狸のイノセンス、それに野ねずみのコンパッションは、いずれも宮沢賢治の際立った資質を特徴付ける概念であり、その複合体こそが賢治童話の主要な登場人物たちのイメージと等身大で重なり合うものではないだろうか。しかも、これらの〈断片化した〉自己像は賢治自身の生涯を遡行するかたちで――クロノロジーを逆流するかのように――実にみごとに虚構化されている。「ロマチックシューマン」だの「トロメライ」だのと曖昧な知識を得意げにひけらかす「三毛猫」が青春期の賢治の（戯画化された）自己像であり、「音楽を教わりたい」という欲動を執拗に繰り返す「くゎくこう」が思春期の（やはり戯画化された）自己像である、という推測は、賢治の伝記を読めば容易に導き出せるものである。同様に、「お父さん」に命ぜられるままにゴーシュを訪れる子狸のイメージのうちに少年期の賢治の無垢を読み取ったり、母親に連れられて病気の治療にやってくる「野ねずみ」の子供に幼年期の受動性《コンパッション》を読み取ったりすることもまた、賢治の伝記に照らしてみて決して無理なことではないだろう。

ここまでのところで私は結局何がいいたかったのか。「セロ弾きのゴーシュ」に登場する四つの動物のキャラクターの中にこそ、宮沢賢治の自己像の系譜、つまり自伝的記述が読まれ得る、と考えているのだ。青春期の驕慢、思春期の切実、少年期の（父への）純真、そして幼年期の（母への）無心――これら時間を超えた自己像が〈他者〉としてのゴーシュの前に夜ごとに現れ、深夜の交感のうちに子供から大人へのイニシエーションを遂行していくのである。その〈異和〉と〈親和〉の構図も、また〈父性〉と〈母性〉の構図も、この作品では実に明確に構造化されている。その構造をもう一度整理して示してみよう。

①	違和・否定的（自己意識）		親和・肯定的（他者意識）	
②	三毛猫（ノンシャランス）	かっこう（パッション）	子狸（イノセンス）	野鼠（コンパッション）
③	驕慢（受動）× 切実（能動）	―	父性（能動）× 母性（受動）	
④	青年期 ↓ 思春期	↓	少年期 ↓ 幼年期	
⑤	他者としてのゴーシュ	↓	自己＝他者としてのゴーシュ	

二元論（①）の中にもう一つの二元論が入れ子状に含まれるかたちでの四元論を構成し（②）、それぞれのエピソードを支配するライトモチーフが対位法的に示され（③）、更にそれら四つの要素が統辞論的に遡行して展開し（④）、しかもその中でのゴーシュの成長も描かれている（⑤）。実に精緻な物語構造というべきだろう。

ところで、このように精緻な物語構造、交響曲の四楽章構成にも似た緊密な構造は、いったい何を意味しているのだろうか。一つには、晩年の宮沢賢治が詩的創造の果てに見出した極限のポエジーが、抒情の決着＝終焉のイメージを通時的な物語の中に封じ込める意志を明るみに出した、ということだ。「銀河鉄道の夜」や「ポラーノの広場」に見られる詩的抒情を物語的叙事の方へと変換したのが「セロ弾きのゴーシュ」だった。この作品がある意味で「音楽的」小説であるとするならば、それはこの作品が「音楽について」の小説であるからではなく、また、音楽そのもののもつリズムやメロディが文体の中に存在しているからでもなく（賢治特有のオノマトペやリフレインの多用といった「音楽的」要素はこの作品では殆ど見られない）、むしろ今挙げたような「音楽的」構築性の中にこそ、その理由が認められるべきだろう。それも例えばモーツァルトのように磊落な音楽（初期作品に多くみられたものだ）ではなく、ベートーヴェンのそれに特徴的な厳格な叙事性にこそ「セロ弾きのゴーシュ」の様式との同質性が認められるべきだろう。この作品が一種の成長小説であることや、クライマックスの部分での劇的な展開などもまた、ベートーヴェン流のロマンティーク様式を十分に踏まえた結果だろう。

こうした抒情－叙事の変換と共に、「セロ弾きのゴーシュ」の精緻な物語構造のもつもう一つの意味は、ここに賢治の生涯にわたる最大のモチーフが全面決着というべき明確さで込められている、ということだ。いわばライフ・ワークともいうべきそのモチーフとは、父との対立葛藤のドラマである。

宮沢賢治の作品において〈父性〉がどのように描かれているのかについては、吉本隆明の『宮沢賢治』（筑摩書房）をはじめとする多くの書物がすでに優れた省察を展開しているし、私自身、晩年の賢治の父との和解のテーマを「グスコーブドリの伝記」の生成過程の中に読み取る作業を既に行っている。詳細はそれらの論考に譲ることにして、ここでは、「セロ弾きのゴーシュ」において〈父性〉のテーマがどのような決着をみているのか、という点についてのみ、手短に見ておきたい。

すでに見てきたように、作品「セロ弾きのゴーシュ」には具体的なかたちで「父」が登場する場面は全く描かれていない。ゴーシュは町はずれの水車小屋に「たった一人ですんで」いるのだし、猫やかっこうや野ねずみもまた、父がいるのかいないのか、どこにも記されていない。唯一の例外は子狸だが、これもまた「お父さんが」言っていたと言及されているだけで、直接に「父」が作品に登場するわけではない。だが、そうであるにもかかわらず、やはりこの作品は〈父性〉をめぐる晩年の賢治の考察の集大成というべき物語なのだ。

なぜそういうことになるのか。「狸の子」のエピソードをもう一度振り返ってみよう。先に述べたように、少年のイノセンスの精霊である「狸の子」が〈他者〉ゴーシュを訪れるのは「父」の命令によってである。前の晩に「三毛猫」がひどい目に会ったことを、おそらく狸の「お父さん」が知らないはずがない。なぜなら、どうやらゴーシュの水車小屋の近辺に住む動物たちは互いに緊密な連絡を取り合って、いわば地域共同体というべき生活組織を育んでいるらしいからだ。「野ねずみ」のエピソードの部分で、子供の病気を治してほしいと懇願する母ねずみが、「だって先生先生のおかげで、兎さんのおばあさんもなほりましたし狸さんのお父さんもなほりましたし（……）」とまくしたてるところがある。夜ごとにゴーシュの水車小屋の床下に潜り込んで病気を治してもらう動物たちの情報は、どうやら「狸のお父さん」の耳にも入っていて、自らもその恩恵に浴したことがある、ということだから、先の晩の三毛猫の一件も、当然、動物たちの共同体に知れ渡っていると考えるのが自然だ。その「狸のお父さん」が恐るべき魔力をもつセロ弾きのもとへ（たとえ自分がその魔力で病を治癒してもらったにせよ）我が子を送り込むことは、相当の勇気がなければできないことだ。その勇気こそ、〈大いなる父〉の必須条件である。例えば、かっこうの一途な飛行に狼狽しながらとっさに窓を蹴破ったゴーシュの行動には、そうした蛮勇とも言うべき〈父性〉の必然が暗示されていないだろうか。

初期童話「月夜のけだもの」に登場する「狸」は、何を聞かれても「さうかな」と繰り返す、いかにも飄々として憎めないキャラクターだが、未だ「狸寝入り」の慣用句が示すようなずるさを引きずっていて、油断のできないやつとの印象を与えている。このキャラクターがいっそう剽軽に磨かれてある種のイノセンスにまで達すれば「狸のお父さん」のキャラクターになるのではないか、というのが私の見方だが、そういえば「狸おやじ」という慣用句もあるように、狸というのはどこかずるさを秘めていながらもどうにも憎み切れない人の良さをもったキャラクターとして、賢治童話にもしばしば登場していることに気付く。

したがって、ここで私が「狸の子」を賢治自身の（断片化された）自己像であると考えるとともに、「狸のお父さん（狸おやじ！）」を賢治の父のイメージに重ねてみても、それほど意外ではないはずだ。物語の中では僅かに二度言及されるだけの「狸のお父さん」が、実は「狸の子」に重大な使命を課してゴーシュの自己意識を目覚めさせている、という隠れたモチーフに注目すれば、ここで〈父性〉がどれほど大きな役割を担っているかが想像できると思う。事実、「狸の子」との一夜のイニシエーションを経た翌日、ゴーシュはもう新たな闖入者を追い払おうとせず、初めから（「怒り」ではなく「笑い」をもって「野ねずみ」の母子を迎え入れるのだし、事情を聞いてさっそくそのセロの大いなる治癒力でもって子供の病気を治してやり、さらに（自らの身体の一部というべき）パンを分け与えるのだから、ここでゴーシュは完全に〈父性〉に目覚めたことになる。もう一度繰り返していうが、「楽長」の〈父性〉がゴーシュに乗り移ったのだ。

＊

「楽長」がもつ〈父性〉について、ここであらためて検討する必要があるだろうか。賢治の晩年の作品にしばしば登場する〈父性〉を帯びた「先生」のイメージの一環であることは、先にも述べた。夜ごとにゴーシュのもとに動物たちを派遣して（間接的に）音楽の指導を行ったのは、ほかならぬこの「楽長」であり、この人物は、魔術的な遠隔操作によって主人公を導いているという点において、あの「銀河鉄道の夜」初期形の「ブルカニロ博士」のイメージに一致する。最後にコンサートが成功したあとで、ただ一人舞台に出て演奏をするようにとゴーシュに更なる試練を与えるのも、その演奏を評価し称賛するのも、やはり「楽長」の〈父性〉のあらわれにほかならない。ちなみに、「楽長GAKUCHO」から「ゴーシュ GAUCHE」を引いてみると、（Eが余ってしまうが）「KO」となって、「楽長」とは子を持たないゴーシュを含意しているのではないか、とも見えてくる。

宮沢賢治の晩年の作品では、子供が大人になるためのイニシエーションとしての〈父性〉のドラマがいたるところに描かれている。グスコーブドリはペンネン技師との（疑似）父子関係を克服して自己犠牲のうちに自身の〈父性〉像を確立し、レオーノ・キューストは少年たちとの別離によって〈父性〉確立の機会を延期保留する。両者とも主人公が青年期末期の年令に設定されている点に注目しよう。「グスコーブドリの伝記」の最後の壮絶感と「ポラーノの広場」の末尾の寂寥感の対位は、青年期末期の賢治自身の〈父性〉への決意と躊躇を両義的に示すものだ。同様に、「銀河鉄道の夜」で此方に帰ってくるジョバンニと「風の又三郎」で彼方に去ってしまう三郎（それに「銀河鉄道の夜」のカムパネルラ）の対位もまた、〈子〉に対する〈父〉の在り方を両義的に暗示しているものだ。おそらく彼の最後の童話作品と考えられる「セロ弾きのゴーシュ」において、宮沢賢治はこれら一連の〈父性〉をめぐる探求の軌跡に最後のかたちを与えようとした。その探求とは何だったのか。一言で述べるなら、人は〈子〉を持たずして〈父〉たり得るか、という命題につきると私は考える。おそらくすべての父親がはじめから〈父〉なのではなく〈子〉の成長とともに次第に〈父〉になっていくのと同じように、賢治童話の内部でも〈父性〉確立のドラマが登場人物たちの成長とともにひそかに展開をとげていたのである。

賢治が漏らしたと伝えられている、子供をつくるかわりに作品を書いたという弟への言葉も、それらの作品が迷いの結果にすぎないという父への言葉も、どちらも〈父性〉確立の軌跡への観点からすれば、なんら矛盾し合うようには見えないはずだ。ゴーシュが最後につぶやく「あゝくゎくこう。あのときはすまなかったなあ。おれは怒ったんぢゃなかったんだ。」こそ、思春期の自己への哀惜とその当時の父への万感の思い、それに自らの〈父性〉確立の軌跡への追想が加わることによって、複雑に錯綜した（だがそれなりに明確な）〈父－子〉一体の〈自己－他者〉意識をついに確立した賢治が、最期に遺した精一杯の述懐だったのである。

［付記］本論の作成にあたって参照した文献のうち、主要なものだけを挙げておく。

天沢退二郎『宮沢賢治の彼方へ』（思潮社）
同『〈宮沢賢治〉論』（筑摩書房）
同「〈少年〉とは誰か」（「國文學」一九七八年二月号）
入沢康夫「四次元世界の修羅」（『文芸読本　宮沢賢治』河出書房新社）
小沢俊郎「賢治にとって童話とは」（「國文學」一九八二年二月号）
佐藤通雅『宮沢賢治の文学世界』（秦流社）
菅谷規矩雄『宮沢賢治序説』（大和書房）
続橋達雄『宮沢賢治・童話の世界』（桜楓社）
寺田透「宮沢賢治の童話の世界」（『文芸読本　宮沢賢治』河出書房新社）
中村文昭『宮沢賢治』（冬樹社）
中村稔『宮沢賢治』（筑摩書房）
長野隆「宮沢賢治の方法」（「弘前・宮沢賢治研究会誌」一九八四年二月）
見田宗介『宮沢賢治』（岩波書店）
吉本隆明「宮沢賢治」（『悲劇の解読』筑摩書房）

なお、テクストは『新修宮沢賢治全集』（宮沢清六、入沢康夫、天沢退二郎編集、筑摩書房）に拠った。

Ⅲ

中原中也・憂愁詩篇

――ボードレール詩学からの反照

序論

I

中原中也とフランス詩についてはこれまでに多くのことが語られ論じられてきた。特に、ランボーとの関わりについては先行論文の枚挙にいとまがないほどだ。ヴェルレーヌについてもまた、ランボーの場合ほどではないにせよ、いくつもの注目に価する指摘がなされてきた。中也自身「世界に詩人はまだ三人しかをらぬ。／ヴェルレエヌ／ラムボオ／ラフォルグ／ほんとだ！　三人きり。」（昭和二年四月二十二日付日記）と書いていることからも、（ラフォルグはここでは措くとして）ランボー、ヴェルレーヌに対する敬意が特別なものであったことが窺われる。

これに対して、ボードレールと中也詩の関係については、これまでほとんど注目されてこなかった。だが、右に引用した「日記」の一節が二十歳前の記述にすぎないことを考えれば、中也が晩年に至るまで本当に「世界に詩人はまだ三人」しかいないと考えていたかどうかは甚だ疑問だろう。本論では、晩年の中也がランボー、ヴェルレーヌ体験を経た後にボードレールの発見に至った、との仮説の上に立って、『在りし日の歌』解釈の一可能性を示してみたい。ランボー、ヴェルレーヌについてはここでは意図的に触れないことにして、中也晩年の作品群をボードレール詩学との関連においてとらえてみようという試みである。

中原中也はしばしば「空の詩人」と呼ばれるほど、空をよく描いた詩人である。夙に一九六二年、菅谷規矩雄は、中也の初期作品「臨終」に見られる「空、地上の事象、空しい私、という三者の存在（あるいは非存在）」に注目し、中也詩における「空」の表象を鮮やかに解析してみせた(1)。だが、第一詩集『山羊の歌』では未だ比較的穏やかだった空のイメージが、第二詩集『在りし日の歌』では、不幸、不吉な事象に満ちていくことになるのだが、菅谷氏の論考はその段階まで扱ってはいない。例えば、詩「含羞《はじらひ》」（昭和十一年）における「空は死児等の亡霊にみち」などは〈不吉な空〉の典型といえるだろう。

中也が生前に翻訳発表した唯一のボードレール詩篇「饒舌 Causerie」は、「空＝君」と「地上の廃虚＝私」が烈しく対照を成す点においてきわめてボードレール的であるとともに、「空と地上と私」のトライアングルと相似形を成す点においていかにも中也的な作品でもある。中也の訳で引用しておこう。

饒舌

君は明るい薔薇色の、美しい秋の空！
だが愁しみは私の上に、海のやうにはやつてきて、
去りがてにはこの陰気な脣《くち》に

苦《にが》さに傷む、かの思ひをば残すのだ。
——君の手は、むなしくも、息塞《いきふた》ぐ私の胸に差し入つて、
探し当てるは、君よはや、女の猛《たけ》き爪と歯に
荒らされ尽した場所ばかり。
もとめたまふな、私の心を、獣《けもの》ら先刻《せんこく》食つてしまつた。

私の心は、有象無象に、ふみしだかれた宮殿だ、
人々其所に飲み食らひ、自殺し、髪を掻き毟《むし》る！
——物の香は、むきだしの君の咽喉《のんど》を漂ふて！……

君、男たちの災害よ、君は欲《ほ》りする！
宴《うたげ》とかがよふその眼《め》でもつて、獣《けもの》らが残《あま》した肉を、
木ッ端微塵にすることを！

これを翻訳した昭和九年前後から、中也の興味は加速度的にボードレールに向かっていった、というのが私の仮説の出発点である。リヴィエール「ボードレール」の翻訳（昭和八年）、モークレール「ボードレールの天才」の部分訳（昭和十一年）、ボードレール「人と海」鑑賞文（昭和十一年）などはその傍証になるだろう。昭和四十二年に発見されて以来注目されてきたボードレール訳詩ノート

（『悪の華』の冒頭二篇で中絶）や『新編中原中也全集』の解題から、晩年の中也による『悪の華』全訳の可能性を想定し、「空」を描いた晩年の一連の作品を中心に、晩年の作品群をボードレールという鏡に照らして読み直してみよう、というのが本稿のねらいである。

2

中也の詩「曇天」（昭和十一年）は、ボードレールの「憂愁 Spleen」（同題の四篇中四番目の作品）と非常に似た構成と主題をもつ作品だ。重苦しい空と憂鬱な私、という構図がまず目に付くし、曇り空の情景と「黒旗」の象徴は両者を貫くライトモチーフといえる。まず「曇天」を読んでみよう。

曇天

ある朝　僕は　空の　中に、
黒い　旗が　はためくを　見た。
はたはた　それは　はためいて　ゐたが、
音は　きこえぬ　高きが　ゆゑに。

手繰り　下ろさうと　僕は　したが、
綱も　なければ　それも　叶はず、
旗は　はたはた　はためく　ばかり、

空の　奥処《おく》に　舞ひ入る　如く。

かゝる　朝《あした》を　少年の　日も、
屢々　見たりと　僕は　憶ふ。
かの時は　そを　野原の　上に、
今はた　都会の　甍の　上に。

かの時　この時　時は　隔つれ、
此処と　彼処と　所は　異れ、
はたはた　はたはた　み空に　ひとり、
いまも　渝らぬ　かの　黒旗よ。

この「黒旗」についてはこれまでに様々な解釈がされてきた。「郷愁と思慕の象徴」（伊藤信吉）、「ある精神の暗部のようなもの」（北川透）、「ポエヂイのもどかしい思慕」（分銅惇作）、「宿命的悲劇」（木村幸雄）などである。(2)だが、なぜかこれを「死の象徴」とする説は意外と少ない。わずかに、「黒い旗は死である。永遠を宿す空は同時に死を漂わせている」という近藤晴彦の指摘(3)や、「無限にはためき続ける黒い旗によって、『死』の形象化と普遍化が行なわれている」という高橋英夫の論述(4)があるが、前者は全く論拠の示されない断言のみだし、後者では「死」を作者の死と重ねることでその先の展開可能性を閉ざしてしまっている。私がここで試みたいのは、詩「曇天」における〈死〉のモチーフを中也詩の終局として位置付けることではなく、逆に、晩年における新たな展開の出発点と見ることで、いわば詩人の〈死後の生〉の軌跡を辿ることである。

勿論、一つの詩句を一つの意味に限定するような読みは不可能なのだから、私は何もここで「黒旗＝死」という図式を描きたいわけではない。樋口覚のように「『黒い旗』がなんであるかを詮索するようなことは、詩の表現にとっては枝葉末節の事柄にすぎない(5)」と断言することもあるいはできるだろう。だが、詩の「解釈」を必ずしも「詮索」だと私は考えていない。「詩の表現（記述）」にとっては瑣末なことが「詩の受容（読解）」にとっては重大である場合もあるのだ。これまでに出されてきた（今後もあり得る）いくつもの解釈に更に一つを加えることは、作品の読解を豊かにすることではあり得ても、決して貧しくすることにはならないと思う。なぜなら、解釈とは読みを〈生産〉する行為であり〈消費〉する行為ではないのだから。そうでなければおよそ〈詩論〉など初めから成り立たない。ここではひとまず、「黒旗」と「死」のアナロジーに注目することは私なりの〈読解〉の必然である、とだけ言っておこう。というのも、もしこの「黒旗」がボードレールの「憂愁」からの反照で（も）あるとするなら、我々は晩年の中也作品に頻出する〈暗い空〉のイメージを解く鍵を一つ手に入れることになるからだ。

ボードレールの詩を拙訳で引用しておこう。

憂愁

重く低い空が蓋のようになって

長い倦怠の餌食となって呻く精神《エスプリ》にのしかかり、
地平線の周囲をすべておおいつくして
夜よりも悲しい、黒い陽射しを我々に注ぐ時、

大地が湿っぽい土牢と化して、
そこを〈期待〉が蝙蝠のように、
力ない翼で壁をたたいて
腐った天井に頭をぶつけている時、

雨が果てもなく尾をひいて降り注ぎ
だだっ広い牢獄の鉄格子を真似し、
汚らわしい蜘蛛が押し黙って群がり
我々の脳髄の奥に網を張る時、

突然、いくつもの鐘が怒り狂って跳ねては
天に向かって恐ろしい唸り声を投げつける、
まるで、故郷を失くしてさまよう亡霊《エスプリ》＝精神たちが
しつこく嘆きの声をあげるかのよう。

――すると、長い霊柩車の列が、太鼓も音楽もなしに、
私の魂の中をゆっくり通って行く。〈希望〉は
打ち負かされ、泣き、一方、〈苦悶〉が残忍かつ横暴に、
私のうなだれた頭蓋の上に打ち立てるのはその黒い旗。

いくつもの概念が擬人化されて最後に〈精神の死〉へとなだれこんでいく様は、集中に集中を重ねる『悪の華』特有の垂直思考によるもので、中也の詩の（どちらかというと）水平思考的な拡散性とは正反対のように読まれる。中也の「黒い旗」は冒頭から末尾までたえず空中にはためいているが、ボードレールの「黒い旗」は最後の最後に至ってついにその姿を現すことで「私の」死を宣告する。前者が曖昧で多義的であるのに対して後者は明確で一義的である。だが、もし仮に中也がボードレールのこの詩を前提に「黒い旗」のイメージを描いたとしたらどうか。当然そこには意図的および無意識的な意味のずらしが起こるだろうし、意味の多様化は必然的なものとなるだろう。

ボードレールの「憂愁」が、中也の詩との関連においてどうしても気になるのは、単に「黒い旗」という共通のモチーフにのみよるのではない。それ以上に、詩の前提でありシチュエーションともなっている〈閉ざされた空〉のイメージこそが、二人の詩人をつなぐ決定的な要素と考えられるのだ。「蓋のよう」な「重く低い空」が「精神《エスプリ》にのしかかり」とは、まさに晩年の中也詩のシチュエーションそのものではないだろうか。

3

中原豊の論文「閉ざされた空」[6]は、中也の「蛙声」を中心に、晩年の一連の「空」詩篇を解読した論考だが、ここで分析の対象となっている諸詩篇は、私が中原中也の〈憂愁〉詩篇と名付ける（ことにする）作品とほぼ一致している。以下にその十四篇の題名を制作年ごとに（書かれたと推定される順に）列挙する。

昭和十年　「月夜とポプラ」「不気味な悲鳴」「北の海」「龍巻」
昭和十一年　「曇天」「暗い公園」「幻影」「含羞《はぢらひ》」「言葉なき歌」「夏の夜の博覧会はかなしからずや」
昭和十二年　「こぞの雪今いずこ」「春日狂想」「蛙声」「正午」

これら諸作品には、小野十三郎がいち早く「批評精神」に貫かれた作品、と指摘した[7]「北の海」「正午」「曇天」が含まれており、中也の〈批評〉への急速な接近が窺える、と言っていいだろう。予め手短に記しておくなら、〈批評〉への接近とは、感覚的心情的な「憂鬱《メランコリー》の詩」がより意志的精神的な「憂愁《スプリーン》の詩」へと移行していく過程[8]である。

本論では、これらの作品を中心に、中也詩におけるボードレール的〈憂愁〉の影を検討していきたい。また、併せて、最晩年に中也が「散文詩四篇」と題して発表した「郵便局」「幻想」「かなしみ」「北沢風景」をも視野に入れて、〈憂愁〉詩篇の向こう側に見え隠れしていた（はずの）散文詩の可能性をも考察してみたい。〈憂愁〉詩篇から散文詩への行程を高速度で走り抜けようとして果せなかった中也晩年の作品を、ボードレール詩学からの反照としてとらえる試みである。

本論に先立って、ここで私が「ボードレール詩学」と呼ぶ精神作用の内実を、前著の内容に即して（ごく大雑把にだが）要約しておく。今日一般に決定版とされる『悪の華』第二版（一八六一年、全一二六篇）の第一章「憂愁と理想」（全八五篇）中、通常、作品番号で「一」から「二一」までを「芸術詩篇」、「六五」から「八五」までを「憂愁詩篇」と呼ぶ。また、初版（一八五七年）にはなく第二版で新たに設けられた第二章には「パリ情景」の章題が付されている。執筆順や改稿等に複雑な経緯があるのだが、全体の流れとしては、この配列は、大きなかたまりとして見た場合、ほぼ制作年代順と見ていい。

詩集はまず、詩人の想像力が理想的な魂の状態に憧れる様子を多様に描き出すのだが（芸術詩篇）、やがて現実の重荷にことごとく挫折と失望を味わい、その経緯が魂のリアリズムとも呼ぶべき切実さをもって克明に描かれていく（憂愁詩篇）。ここではまず詩人の魂の〈憂鬱《メランコリー》〉が措定される。この〈憂鬱〉は一つの状態に止まり続けるのではなく、やがて明晰な精神の問いかけによって様々な変移、展開を遂げ、次により意志的な〈憂愁《スプリーン》〉の状態を作りだす。さらにその〈憂愁〉のダイナミズムが臨界点を越えて外部に拡散した時、死者の眼差しをもつもう一人の詩人が誕生し、自在に内と外を往還することで新たな詩世界を創造することになる（「パリ情景詩篇」）。一度〈外部〉へと流れ出した詩人の〈憂愁〉は、さらなる自由と可能性を求めて〈韻文〉の殻を打ち破り〈散文〉の領域――より現実的日常的な都市生活の諸領域――へと広がっていく（散文詩篇）。

ボードレールが晩年に自ら体現した韻文詩から散文詩への展開を以上の観点から要約すれば、理想→憂鬱→憂愁→外部→散文的現実、というプログラムが成立することになるだろう。ここに近現代詩の一つの〈宿命〉が確立したことになる。二十世紀における（ある種の）詩人たちはいずれもこのプログラムをそれぞれに変形しながらも辿っている（なぜなら、それは近・現代人の自我の必然であったから）のであって、萩原朔太郎や宮沢賢治などもまた、その一典型を成していると言えるだろう。夭折した〈天才詩人〉中原中也は、以上のようなプログラムと無縁の生涯を過ごしたように思われがちだ。たしかに、その早熟な才気はむしろランボーのそれに比較するのが似付かわしく、また、歌への飽くなき探求はヴェルレーヌのそれになぞらえることができる。だが、その短い生涯の最後の数年において、明らかにランボーともヴェルレーヌとも無縁の、批評性に溢れた——〈思想詩〉と呼ぶべき——作品が多く書かれていることを、我々はどう理解すればいいのだろう。その晩年の〈思想詩〉群にこそ、ボードレール詩学からの反照が認められるのではないか。

昭和十年から十二年にかけて書かれた中也の作品群を、ここでは便宜上、次の四つの時期に分けて考察したい。

（1）「曇天」（昭和十一年五月）まで。
（2）「言葉なき歌」（昭和十一年十一月）まで。
（3）「蛙声」（昭和十二年五月）まで。
（4）「正午」（昭和十二年八月）を中心に。

以上（1）〜（4）の過程には、先に挙げた「ボードレール・プログラム」がほとんどそのままの配列展開で適用されることが予測される。以下、できる限り作品に即して読解を進めていく。

1 「曇天」まで——黒旗の〈憂鬱〉

月夜とポプラ

木《こ》の下かげには幽霊がゐる
その幽霊は、生れたばかりの
まだ翼《はね》弱いかうもりに似て、
而もそれが君の命を
やがては覘《ねら》はうと待構へてゐる。
（木《こ》の下かげにはかうもりがゐる。）
そのかうもりを君が捕つて
殺してしまへばいいやうなものの
それは、影だ、手にはとられぬ
而も時偶見えるに過ぎない。
僕はそれを捕つてやらうと、

長い歳月考へあぐむだ。
けれどもそれは遂に捕れない、
捕れないと分つた今晩それは、
なんともかんともありありと見える——

詩「曇天」より一年四カ月ほど前に書かれた未刊詩篇である。「曇天」との関わりは、最後の五行に明らかだろう。「それ」（「その幽霊」）は確かに目に見え存在していることが明らかなのだが、「黒旗」と同様に、いくら捕ろうとしてもどうしても手に捕ることができない。両作品とも、目に見えながら捕らえられないというもどかしさに作品の主題が窺われるだろう。つまり、一種の隔絶感である。「長い歳月考えあぐむだ」という一節もまた、「曇天」の「かの時　この時　時は　隔つれ」という一節と呼応している。「幽霊＝かうもり＝影」と敷衍される「それ」は明らかに「黒旗」の一つの原形なのである（うずくまる「かうもり」のイメージには、先に引用したボードレールの詩「憂愁」の「〈期待〉が蝙蝠のように、／力ない翼で壁をたたきながら／腐った天井に頭をぶつけている時」が反映しているかもしれない）。しかし、この「幽霊」は「黒旗」のように「空の　中に」はためいているのではなく、「木《こ》の下かげ」にうずくまっている。題名から推し量ってこの「木」はポプラのことだろうが、空に向かって上昇する枝葉に視線は注がれず、視線は終始一貫して微かな月明かりの下に止まったままであるところが特徴と言える。ここではひとまず、死の影が低い位置に止まったまま幽霊となって彷徨っている状態が描かれている、と見ていいだろう。ではなぜ、この「幽霊」が翌年の「曇天」では空にはためく「黒旗」になったのか。

ポプラの「木《こ》の下かげ」にうずくまる「幽霊」が空に翻るようになるには——垂直軸を獲得するためには——さらに深い絶望がなければならなかった。それが「空」への憧憬の喪失である。「月夜とポプラ」と同じ日付をもつ詩「不気味な悲鳴」には、倦怠の中でわずかな「恵み」を期待する心情が次のように語られていた。

かくて僕は天から何かの恵みが降つて来ることを切望した。
而もはや、それは僕として勝手な願ひではなかつた。
僕は真面目に天から何かゞ降つて来ることを願つた。
それが、ほんの瑣細なものだらうが、それは構ふ所でなかつた。

詩集『山羊の歌』では澄んで晴れ渡ることの多かった——したがって「恵み」をもたらすこともしばしばあった——「天」が、ここでは「ほんの瑣細なもの」さえもたらし得るかどうか怪しくなっている。すべての動詞が過去形で（過ぎ去ったこととして）語られているところに、諦念と絶望が示されていることにも注意が必要だろう。このわずかな「天」への憧憬が失われた時、詩人の魂は真の〈憂鬱〉を発見することになる。だが、この〈憂鬱〉は、倦怠の中に沈み込んだままではない。失った憧憬と引き換えに、詩人は〈憂鬱〉そのものを歌う方法を模索するのだ。「不気味な悲鳴」というおよそ反〈歌〉的な題名がすでに新しい〈歌〉の出現を予想させるし、詩の中で何度も繰り返される問いかけが、憂鬱の淵からの絶叫を表現しているように聞こえる。

僕は眠い、——それが何だ？
僕は物憂い、——それが何だ？
（中略）
——僕はどうすればいいいか？

この問いかけは、ボードレールが一連の〈憂愁〉詩篇の生成過程において辿った「深淵ヨリ《デ・プロフンディス》」の叫びと似てはいないだろうか。どちらの作品でも、詩人は陰鬱な深淵の底から天に向かって〈叫び〉を挙げるのだが、そこには倦怠の眠りを許さない覚醒した精神の問いかけが発せられているのである。

私はあわれみを乞う、〈汝〉、我が愛する唯一の人よ、
我が心の落ちこんだ仄暗き深淵の底から。
ここは鉛色の地平に閉ざされた陰鬱な世界、
夜、そこに漂うのは罵詈と呪咀の言霊。
（中略）
私は嫉妬する、愚かな眠りに沈みこむことのできる
最も卑しい動物たちの運命を。
かくもゆるやかに、時の枷《かせ》は手繰られていくのだ。
（ボードレール「深淵ヨリ我呼ビカケタリ」）

このような〈憂鬱《メランコリー》〉の中にあってなお己の魂に覚醒を促し〈歌〉を要請する精神を、ボードレール

は〈憂愁《スプリーン》の精神〉と呼んだ。これまでにボードレール論の中で何度も引用してきた書簡の一節だが、やはりここでも引いておく。

もちろん、自分に対する不満はたくさんあります。こんな状態にはまったく驚き傷ついています。(……)しかし私が感じているのは、激しい落胆、耐え難い孤立感、漠然とした不幸への絶えざる恐れ、自分の力についての完全な不信、欲望の全面的欠如、何らかの楽しみを見出すことの不可能性です。(……)私は絶えず自問します。これが何になる? それが何になる? これこそ真の憂 愁《スプリーン》の精神《エスプリ》です。

(一八五七年十二月三十日付母親宛書簡)

もちろん、中也がボードレールのこの手紙を知っていたと言いたいのではない。ボードレールが自己解説的な手紙の文脈の中で正確に分析してみせた〈憂愁の精神〉を、中也は『悪の華』の〈憂愁〉詩篇群から直観的に把握した、と考えたいのだ。落胆、孤立感、恐怖、不信、欠如感、不可能性といったあらゆるマイナス感情の総和——つまり憂鬱《メランコリー》——の只中にあってなおも問いかけ訴えかける明晰な精神の在り方こそが〈憂愁《スプリーン》〉なのだ。

中也の詩に戻ろう。「月夜とポプラ」「不気味な悲鳴」の二篇から一カ月後に発表された詩「北の海」では、空は暗く曇り、「浪はところどころ歯をむいて、／空を呪つてゐるのです。」と、憂鬱どころではない烈しい意志が記され、さらに七カ月後の作品「龍巻」でも、やはり同様に「曇つた日の空に／龍巻はさも威勢よく起上るけれど」と歌われる。だがこの威勢のよさも「実は淋しさ極まつてのことであり／やがても倒れなければならない」と続き、さらに最後には、

浪に返つた龍巻は
たゞたゞ漂ふ泡となり

呼んでも呼んでも、
もはや再起の心はない

と、「深淵ヨリ《デ・プロフンディス》」の叫びの繰り返しとその無為が歌われている。こうした絶望感、閉塞感こそが詩「曇天」における「黒旗＝死」の前提だった。ボードレールの詩「憂愁」においてもまた、「黒旗＝（精神の）死」の前提には同様の閉塞感が示されている。両詩篇の末尾部分をもう一度並べて引用しておこう。

――すると、長い霊柩車の列が、太鼓も音楽もなしに、
私の魂の中をゆっくり通って行く。〈希望〉は
打ち負かされ、泣き、一方、〈苦悶〉が残忍かつ横暴に、
私のうなだれた頭蓋の上に打ち立てるのはその黒い旗。

（ボードレール「憂愁」末尾）

かの時　この時　時は　隔つれ、
此処と　彼処と　所は　異れ、

はたはた　はたはた　み空に　ひとり、
いまも　渝らぬ　かの　黒旗よ。

〈中原中也「曇天」末尾〉

この両詩篇で歌われているのは、いつまでもどこまでも持続する〈憂愁の精神〉の在り様そのものだ。それは閉塞感ではあるが諦念ではなく、絶望ではあるが倦怠ではない。味苦い認識であり切実な理念であるところの〈詩学〉なのである。

詩「曇天」の半年程前にあたる昭和十年十一月二十一日の日記に、中也は次のように記している。

ボオドレールの頭を往来したものは、どれだけの不幸、どれだけの暗黒か、読めば読む程そらおそろしい。天使と悪魔間の振幅が、これ程克明に行はれた脳髄もないものだ。

この日記の日付は、先程引用した詩「龍巻」の約二カ月後にあたる。つまり、「龍巻」から「曇天」の間に書かれたものだ。かつて「世界に詩人はまだ三人（ヴェルレーヌ、ランボー、ラフォルグ）しかをらぬ」と書いた詩人が、ここでボードレールをついに発見した。「天使と悪魔間の振幅」を「克明に」描き出す〈脳髄の詩人〉としてのボードレールを発見したのである。天上と深淵を往来する垂直軸をボードレールの詩に発見した時、「再起の心はない」と否定された「龍巻」は再び天上に翻って「曇天」の「黒旗」になることができた。〈憂鬱〉を振り払うべきものとして遠ざけるのではなく、そのままイメージに定着させその持続の中に活路を見出そうとする〈憂愁の詩学〉が生成しつつあったのである。

2 「言葉なき歌」まで――〈憂愁〉の生成

幻影

私の頭の中には、いつの頃からか、
薄命さうなピエロがひとり棲んでゐて、
それは、紗の服かなんかを着込んで、
そして、月光を浴びてゐるのでした。

ともすると、弱々しげな手付をして、
しきりと　手真似をするのでしたが、
その意味が、つひぞ通じたためしはなく、
あはれげな　思ひをさせるばつかりでした。

手真似につれては、脣《くち》も動かしてゐるのでしたが、
古い影絵でも見てゐるやう——
音はちつともしないのですし、
何を云つてるのかは　分りませんでした。

しろじろと身に月光を浴び、
あやしくもあかるい霧の中で、
かすかな姿態をゆるやかに動かしながら、
眼付ばかりはどこまでも、やさしさうなのでした。

「曇天」から四カ月後に書かれ、後に『在りし日の歌』に収録された詩篇である。ここでは「薄命さうなピエロ」が幽霊や黒旗と同様に〈死〉のイメージを描いている。「私の頭の中」が曇り空に相当し「弱々しげな手付」は黒旗のはためきに相当する。意味が通じないもどかしさも「曇天」に通じるものだし、それに何よりも、眼に見えるだけで「音はちつともしない」という無音の状態が深い隔絶感を示している点に、「曇天」と「幻影」の一貫性が窺われるだろう。眼には見えるが遠く隔てられているという感じがこの時期（昭和十一年頃）の中也にとって一種のオブセッションだったことがわかる。だからこの詩「幻影」の翌月（十月）に書かれた「含羞《はぢらひ》」に例の驚嘆すべき「死児」のイメージが表れるのは、決して突然のことではない。この時期の中也にとって空はすでに希望の象徴ではなく、それどころか禍々しさに満ちあふれた〈憂鬱〉の表象となっていたのである。

枝々の　拱《く》みあはすあたりかなしげの
空は死児等の亡霊にみち　まばたきぬ

このような禍々しい空を描いた詩「含羞《はぢらひ》」が詩集『在りし日の歌』の巻頭を飾っているのは、これが詩集全体の主調色であることを示している。幽霊、黒旗、ピエロ、亡霊……これらの形象が暗示する死の陰影を帯びた〈憂鬱〉こそがこの詩集の中心主題なのである。

『山羊の歌』にしばしば描かれた希望と期待の空に替わって、『在りし日の歌』では絶望と〈憂鬱〉の空が中心となっている。今や中也の空は「死児等の亡霊」に代表される無気味かつ不吉な存在に満ちあふれているのだ。ところで、空もしくは天に〈死〉のイメージがあふれるという発想は、例えばボードレール『悪の華』の次のような詩篇と結び付くのではないだろうか。

おまえのせいで私は金を鉄と化し、
天国を地獄と化してしまうのだ。
雲の経帷子の中に
私は愛しい亡骸《なきがら》を見付け出し、
天の岸辺に沿って私は、
巨大な石棺の数々を打ち建てる。

（「苦悩の錬金術」末尾部分）

砂浜のように引き裂かれた空よ、
おまえの中に私の傲慢さは自らを映し出す。
喪の中にあるおまえの巨大な雲の群れは、
私の夢の霊柩車なのだ、
そしておまえの微光は、私の心を
喜ばせる〈地獄〉からの照り返しなのだ。
（「感応する恐怖」末尾部分）

いずれも〈憂愁〉詩篇（正確には「後期憂愁詩篇」と呼ばれる「第二版」初出の詩篇）に属する十四行《ソネット》詩の後半部分だが、詩人の〈憂愁〉に満ちた想像力は天＝空に〈地獄〉を見出し、雲の中に「愛しい亡骸《なきがら》」や「霊柩車」を見てしまう。先に引用した日記で中也が「天使と悪魔間の振幅」と呼んだボードレールの「そらおそろし」さとは、こういう垂直運動のダイナミズムのことを指しているのだろう。だとすれば、晩年の中也の詩に頻出する具体的な〈死〉の表象もまた、彼の想像力のカンバスと言うべき天＝空に描き出されることは必然の帰結であったと言わなければならない。

題名からしてヴェルレーヌの影響が強いと思われる詩「言葉なき歌」（昭和十一年十月）においてもまた、実体をあかされない「あれ」は、ボードレール的〈憂愁〉に結び付いているように思われてならない。

言葉なき歌

あれはとほいい処にあるのだけれど
おれは此処で待つてゐなくてはならない
此処は空気もかすかで蒼く
葱の根のやうに仄かに淡《あは》い

決して急いではならない
此処で十分待つてゐなければならない
処女《むすめ》の眼《め》のやうに遥かを見遣つてはならない
たしかに此処で待つてゐればよい

それにしてもあれはとほいい彼方で夕陽にけぶつてゐた
号笛《フイトル》の音《ね》のやうに太くて繊細だつた
けれどもその方へ駆け出してはならない
たしかに此処で待つてゐなければならない

さうすればそのうち喘ぎも平静に復し
たしかにあすこまでゆけるに違ひない

しかしあれは煙突の煙のやうに
とほくとほく　いつまでも茜の空にたなびいてゐた

一読してすぐに想定されるのは「あれ」を憧憬や希望の名辞ととる読み方だが、それにしては全体に流れる不穏な雰囲気が気にかかる。一つの可能性として、「あれ」をこれまで見てきた幻影、幽霊、黒旗、ピエロ、亡霊等と同じく〈死〉の系列におく読みがあるのではないだろうか。遠いところにたしかにあるのだが「此処」で待たなければならないもの、いつかは辿り着くにちがいないもの。「煙突の煙のやうに」空の高みで「いつまでも（…）たなびいて」いるものとは、音もなくただひたすら「はためく　ばかり」と示された黒旗のパラフレーズではないだろうか。

佐々木幹郎は、詩「言葉なき歌」について「『あれ』を自らの『死』と読み、『此処で待つて』いる『おれ』との対比関係の中で、現在の自分の非在感を歌いあげる」と読み解き、そこに見られる「『あの世』からの視線と同一のもの」を指摘した上で、「死と生とを分かつ境が見出せない」当時の中也の「危機的様相」を示唆している。[9] 私の読みもまた「あれ」を「死」の系列に連ねるという点において佐々木氏の読みと一致しているのだが、「『あの世』からの視線と同一のもの」については、ここではしばらく保留したいと思う。そのような「生と死」が溶合する境地は今しばらく先に（詩「蛙声」以後に）より明らかな様相であらわれてくるはずだからだ。また、佐々木氏はこのような待機状態は中也晩年の「新たな〈うた〉の展開を予兆させている」と指摘しながらも、その展開は「彼の死によって挫折してしまった」、つまり「かすかな可能性」としてのみ垣間見えたにすぎない、と論じているのだが、この「可能性」についてもまた、私はもう少しこだわってみたいと考えている。この点については後章でやや詳しく論じることにする。

ところで、ボードレールの「そらおそろし」さについて書かれた日記（昭和十年十一月二十一日付）を先程引用したが、実はこの同じ日の日記には中也が〈死〉について書いた興味深い一節が読まれる。佐々木氏も右記の論脈で言及しているその一節を引用しておこう。

ところで必至のことは、忘念してゐられ易いのだ。それは恰も死があんなに恐れられてゐ乍ら、あんなに忘れてゐられるのに似てゐるかも知れぬ。

〈死〉はたしかにそこにある。だが、生きている限りどうしても手に捕らえることのできないものとしてそこにある。人が恐れながらも忘れがちな〈死〉の実体を、中也は、曇天に翻る黒旗や、木陰にうずくまる幽霊や、脳髄の中に棲むピエロのイメージで捕らえようとした。詩「言葉なき歌」に描かれる「煙突の煙」もまた、遠くの空でいつまでもたなびき続ける〈死〉の表象の一つと考えられるだろう。ごく具体的にはそれは、幼くして死んだ弟と若くして死んだもう一人の弟の火葬の記憶なのかもしれない。そして空に翻る〈死〉のイメージは、この作品からわずか一カ月後、愛息文也の死という現実によって、さらに〈憂愁〉の色を濃くせざるを得なかった。

3 「蛙声」まで――〈憂愁〉の展開

中也の息子文也が死んだのは昭和十一年十一月十日である。その七日後の日付をもつ未刊詩篇「暗い公園」において中也は、はっきりと「暗い空」を描き、そこに〈死〉のイメージを明らかに定着させた。中也晩年の作品に濃い影を落とした文也の死について、伝記的詳細に立ち入ることは避けておく。ここではただ、文也の戒名が「文空童子」であったことを思い出しておこう。この戒名がだれによってつけられたのかは知らないが、亡き子への追憶が「空」の文字＝イメージにいっそう深く刻まれることになった可能性をのみ指摘しておきたい（ちなみに、中也自身の戒名にも「方光院賢空文心居士」と、「空」の文字が入っている）。

文也の死の直後に書かれた作品群は、いずれも〈死〉の影を濃く帯びている、というよりむしろ〈死〉そのものが作品の主題となっている。以下にその諸相を見ていこう。

暗い公園

雨を含んだ暗い空の中に

大きいポプラは聳り立ち、
その天頂《てつぺん》は殆んど空に消え入つてゐた。

六月の宵、風暖く、
公園の中に人気はなかつた。
私はその日、なほ少年であつた。

ポプラは暗い空に聳り立ち、
その黒々と見える葉は風にハタハタと鳴つてゐた。
仰ぐにつけても、私の胸に、希望は鳴つた。

今宵も私は故郷《ふるさと》の、その樹の下に立つてゐる。
其の後十年、その樹にも私にも、
お話する程の変りはない。

けれど、あゝ、何か、何か……変つたと思つてゐる。

この詩は明らかに、空の描き方、「黒旗」と「ポプラ」の相似等から、詩「曇天」と比較されるべき作品である。中原豊は両詩篇を並べた上で、「暗い公園」では「風にはためく音が中也の耳に届いており、対象との関係が絶たれてしまったような感じは比較的薄い」と述べ、その理由として「黒旗」が「現在」の状態を表しているのに対して「ポプラ」が少年期の思い出の中に描かれていることを挙げている。[10] たしかに、この詩ではポプラの葉のはためきに「希望は鳴つた」と記され、「暗い空」に必ずしも不吉なイメージばかりを描いているわけではない。過ぎ去った少年期の「希望」をも描き出してはいる。問題は、その情景が現在どのように変化したかということだ。その意味で最後の一行は重要である。「何か……変つた」とはいったい何がなのか。どこか歯切れが悪く思わせぶりなところが、作品として未完の印象を与えており、それがついに詩集『在りし日の歌』に収録されなかった理由ではないかと考えられる。

ここで、中原氏の論考でも言及されているこの詩の草稿異文について紹介しておきたい。その異文とは、まず第四連第一行の後に次の一行が挿入されていたこと——

　そして、何か……何か私はその後失つたと思つてゐる。

それに、最終行の後に次の二行が加えられていたことである。

　それは（希望の点さ［。］）と理性は直ちに云ふのだけれど、
　心はいつかう承服しない。

いずれも消去されているのだが、ここで注目したいのは、こうした語句を書いたり消したりしてい

る中也の心の揺れ——あるいはむしろ分裂——についてである。失ったものを「希望の点さ」と答える〈理性〉に対して、〈心〉は「承服しない」と言う。あたかも〈理性〉と〈心〉が分裂したかのように、一つの意識の中で対話が行なわれているのである。このような〈問‐答〉による内面の対話を立体的に押し進める方向に、実は最晩年の中也の詩にもう一つの途が開かれていた、と私は考えている。ボードレールが晩年に散文詩における〈精神‐魂〉の対話によって企てた〈自己‐内‐対話劇〉による詩空間の拡大[11]と同様のベクトルが、雑誌「四季」昭和十二年二月号発表の「散文詩四篇」によって示されたのではなかったか。中也詩の最後の可能性を示唆するこれらの散文詩については後述するが、その萌芽が昭和十一年十一月の「暗い公園」制作のこの時点であったことを忘れないようにしつつ、ここではひとまず中也の〈憂愁〉詩篇のその後の展開を辿っていきたい。

愛するものが死んだ時には、
自殺しなけあなりません。

愛するものが死んだ時には、
それより他に、方法がない。

（「春日狂想」冒頭部分）

愛息文也を亡くした悲嘆の中で書かれた、昭和十二年三月二十三日の日付をもつ詩「春日狂想」は、晩年の中也の絶唱と呼ぶべき大作であり、これまでにすでに多くの論考がこの詩のために書かれてきた。この小論でそれらの論及を繰り返す余裕はないが、これまでの文脈上、どうしても触れないわけにいかない一節がある。全五十九行から成る詩篇のちょうど真ん中あたりの二連を引用しておこう。

《まことに人生、一瞬の夢、
ゴム風船の、美しきかな。》

空に昇つて、光つて、消えて——
やあ、今日は、御機嫌いかが。

死んだ子供を「風船」に見立て、光りながら空に消えるイメージによって浄化しているかのように見える。だが、この浄化のイメージは、いわば必死の精神作用による切実な道化の所産なのだ。おそらく狂気と紙一重の、ぎりぎりのところでかろうじて〈理性〉を保持している詩人の〈憂愁の精神〉の切羽詰まった様相が窺われはしないだろうか。というのも、「空に昇つて（…）消え」るのは、ひとり文也だけではなく、黒旗であり亡霊でありピエロであり……といった普遍的な〈死〉のイメージ全般であるからだ。そこに彼自身の〈死〉も含まれることは言うまでもない。詩人はここで、永く親しんできた〈死〉のイメージの系列に自分自身と自分の愛児をも加えざるを得なくなった。〈死〉は彼岸にあるものとしてではなく、すぐそこにある現実として——〈生〉に含まれるものとして——立ち現れたのである。

ここにきて中也詩における〈死〉のイメージは、ただ禍々しく不吉なだけでなく、ある種の逆説的な明るさを帯びたように思われる。「空に昇つて、光つて、消えて」とは、明るさの中にある〈冥府〉のイメージだろうか。同時期に書かれた他の作品にも、死んだ子を光明の中に置いた描写がしばしばあらわれる。「此の世の光のたゞ中に」立っていたり（「また来ん春……」）「月の光が照つて」いる草叢に隠れていたり（「月の光　その一」）「蛍のやうに蹲んで」いたり（「月の光　その二」）、あるいは「紺青の空」の中で遊んでいたり（「夏の夜の博覧会はかなしからずや」）と、天使的な光輝に包まれた子供の姿が描かれるのである。だが、これらの作品で光明に包まれたイメージは、ただ死んだ子供にのみ与えられるのであって、中也自身の自己像はといえば、これと反比例するかのように、いっそう暗い闇に沈んでいる。詩集『在りし日の歌』の末尾に置かれた詩「蛙声」は、こうした明暗の分裂に止めを刺すかのように、この上なく暗澹たる色彩に染められた作品になっている。

蛙声

天は地を蓋ひ、
そして、地には偶々池がある。
その池で今夜一と夜さ蛙は鳴く……
――あれは、何を鳴いてるのであらう？

その声は、空より来り、
空へと去るのであらう？
天は地を蓋ひ、

そして蛙声は水面に走る。
よし此の地方《くに》が湿潤に過ぎるとしても、
疲れたる我等が心のためには、
柱は猶、余りに乾いたものと感《おも》はれ、

頭は重く、肩は凝るのだ。
さて、それなのに夜が来れば蛙は鳴き、
その声は水面に走つて暗雲に迫る。

「天は地を蓋ひ」という書き出しは、ボードレールの詩「憂愁」の「重く低い空が蓋のようになって」に酷似しているだろう。それ以外にも、湿潤な情景、憂鬱な空模様、疲労した心、重くうなだれた頭……と、両者の共通点は多い。何よりも、作品全体が重苦しい閉塞感を主題にしている点に、二人の詩人を貫く魂の〈憂鬱〉と精神の〈憂愁〉を見なければならない。

この作品についてもこれまでに多くの論考が書かれているのだが、ここではやはり中原豊の周到な分析[12]を紹介しておきたい。中原氏は、詩「蛙声」の第三連に唐突に表れる「柱」のイメージを先学の諸説を紹介しつつ分析し、多くの異文、先行作品に照らしながら「柱」が実は「月」の変形であることを実証している。さらに、芸術の「寓喩」である「月」が見失われることによって「芸術と生活の二元論に大きな変動が起こっている」と論じ、また一方で、「余りに乾いた」状態が中也の場合「形骸だけで内実の失われた状態」を示すことに注目し、したがって「余りに乾いた」柱とは「芸術と生活の二元論の残滓」であり「〈柱〉は芸術を寓喩する表象たる〈月〉の風化した姿なのである」と結論付けている。天と地の垂直軸を示して始まる詩「蛙声」は、実は天への上昇を妨げられ（ボードレール流に言えば「蓋のように（…）のしかか」られ）水平方向に向かって――「水面に走つて」――消えていく「声」で終っている。途中でその声は「空より来り、／空へと去るのであらう?」と歌われてはいるものの、疑問符がその想像を翻し「そして蛙声は水面に走る」と、水平に走るしかない現実を直ちに示すのみだ。ここに描かれているのは、あまりに「湿潤に過ぎる」生活も否、「余りに乾いた」芸術も否、という二重の否定認識なのである。なぜなら、今や詩人の〈心＝魂〉はあまりに「疲れ」ており、その〈頭＝精神〉はあまりに「重く」押し拉がれているからだ。ここに歌われているのは、疲弊しきった〈魂〉と無為に苛まれた〈精神〉による最期の歌であり、歌の不可能性そのものの歌なのである。本来は〈空／天〉にあるはずの〈雲〉がほとんど地上すれすれのところまで重く垂れた「暗雲」になっているところに、詩人の極限的な閉塞感が如実に示されているといっていい。

4 「正午」まで／から──〈憂愁〉の彼方へ

晩年の中也の作品を論じたこれまでの研究の多くは、詩「蛙声」の終末的イメージをもって詩人の最期と見ているようだ。これまで度々引用してきた中原豊の論考もまた、「蛙声」をして「中原中也という詩人の芸術活動の終結を告げる作品」と位置付けることで論考を締めくくっている。[13] たしかに、詩集『在りし日の歌』の末尾に置かれたこの詩篇は、終末感を帯びた内容といい、書かれた時期といい、中也詩の最期の様相を呈しているように見えることは間違いない。詩集巻頭の「含羞《はぢらひ》」と対をなすことで作品としての円環を閉じる役割を果していることも事実だろう。だが、作品論的には終末を記す詩篇が必ずしも作家論的に終末を示しているとはかぎらない。実際、詩「蛙声」は中也の殆ど最後の作品ではあるが、全く最後の作品というわけではない。「蛙声」（昭和十二年五月十四日）と同じ頃に書かれたと推定される作品に未刊の詩「こぞの雪今いづこ」があり、「蛙声」以後に書かれたと推定される作品が少なくとも数篇はある。中でも、昭和十二年八－九月に（おそらく）書かれ、「文學界」十月号に掲載された詩「正午」は、「蛙声」の終末感から程遠い奇妙にのびやかな雰囲気を湛えていて、中也晩年のポエジーが全く別の方向へと開かれつつあったのではないか、との想像を駆り立てる作品である。『在りし日の歌』第二章「永訣の秋」に収録された作品はほぼ雑誌発表月の順番になっているのに、最も発表が遅かった「正午」にかぎって、後ろから三番目の位置に置かれていることも、気になるところである。「桜」への言及が見られるところから初稿の制作が春まで遡るとの見方もあるようだが、それにしても他の作品と比べて配列に特別な配慮がなされていることに変わりはない。詩集の構成上「蛙声」が巻末に置かれるべき必然は理解できるので、そのため発表順の原則を崩して「正午」を前にずらしたことは別に不思議でないかもしれないが、それなら何故後ろから三番目なのか、とこだわってみたくもなる。

詩「正午」は、以上のような書誌的観点から見てすでに特殊な位置にある作品だが、内容の点から見ても実に不思議な作品である。私の考えでは、詩「正午」は内容面での特殊性ゆえにあえて目立ちにくい位置に配列された、ただしその特殊性は詩集から排除されるべきものではなかった。むしろ別の文脈で詩集に不可欠な作品であるために巻末近くにひっそりと置かれることになった。その別の文脈とは、『在りし日の歌』以後の作品、敢えて言えば来るべき第三詩集のための伏線、ということになる。

あまりにも根拠のない空論だろうか。だが、中也の死後に遺された作品の数々は、次の詩集の可能性を示唆していないと言い切れるだろうか。多くの未刊詩篇の中には、（拾遺詩集としてではなく）中也詩の次の段階を想像させる作品が少なくとも数篇は含まれていないだろうか。私がここで念頭に置いているのは「正午」を含む最晩年の詩篇と「散文詩四篇」のことである。その中からまず、「蛙声」と同時期に書かれたと推測される未刊詩篇「こぞの雪今いづこ」を見てみよう。

みまかりし、吾子はもけだし、今頃は

何をか求め、歩《あり》くらん？……

薄曇りせる、磧をか？

何をも求《と》めず、歌うたひ

たゞひとりして、歩《あり》くらん

（冒頭部分）

切実さのあまりの文語詠嘆調は萩原朔太郎の『氷島』を思わせるが、ここで注目すべきなのは口調や文体よりむしろ「薄曇り」している空の様子である。「薄曇りせる、磧」とはおそらく〈賽の河原〉のイメージだろう。死んだ子供が悄然と歩いていく姿を想像して歌った作品である。この空の様子は後でもう一度繰り返し変奏される。

こよなきことにぞ思ふなるを

さるをピストル撃たばこそ、

石ばかりなる、磧なれ、

鴉声くらゐは聞けもすれ、

薄曇りせる、かの空を

（全八連中第七連）

ここには詩「蛙声」と鮮やかな対照を成すイメージが描かれている。「蛙声」では空（天）は「暗雲」に覆われていたが、「こぞの雪今いづこ」では薄雲がかかっている。前者では「蛙声《あせい》」が聞こえていたが後者では同音異義語の「鴉声《あせい》」が聞こえている。「蛙声」は騒々しいが「鴉声」は禍々しい。

前者の舞台は地上（此の世）で後者の舞台は冥府（あの世）である。中原中也は、自分が「今」いるところを凝視すると同時に、死んだ子供がいるであろう場所を想像していた。あくまで憂鬱な地上の自分を凝視しつつ、妙に薄明るい〈冥府〉を思い描いているのである。この二つが合体すれば、〈此の世〉を〈あの世〉のイメージに重ねて描き出す詩篇――〈死者の眼差し〉による〈脱‐憂愁〉詩篇――が生れるのではないだろうか。

ボードレールが自らの閉塞状況を極限にまで追い込んだ詩「憂愁」の後、新たに展開したのは〈死者の眼差し〉による外部世界の情景詩だった。『悪の華』初版（一八五七年）の四年後に刊行された「第二版」に新たに設けられた「パリ情景」の章（全十八篇）は、詩「風景」から始まっている。

私は望む、潔らかな心で私の田園詩を書くために、
星占い師たちのように、天の近くで夜を過ごし、
鐘楼たちの隣人となって、夢想しながら耳を澄まし、
風に運ばれてくる、彼らの荘厳な頌歌に聴き入ることを。
両手に顎を支え、私の屋根裏部屋の高みから、
私は見るだろう、歌い喋る町工場を、
煙突や鐘楼といった、これら都市の帆柱を、
それに、永遠を夢想させる大きな天空を。

（「風景」冒頭部分）

「両手に顎を支え」る姿は、伝統的な〈憂鬱《メランコリー》〉の図像をふまえつつ、ノートルダム大聖堂のガーゴイ

ルの一つ吸血鬼＝死者を表象してもいる。「屋根裏部屋の高みから」つまり天上から垂直に地上を見下ろす視線こそが〈死者の眼差し〉なのだ。この視線によって詩人はパリの街の隅々までを凝視し透視しながらそこに自らの〈憂愁の精神〉を折り重ねていく。これと同様の視線から書かれた中也の作品こそ「正午」にほかならなかった。

正午
丸ビル風景

あゝ十二時のサイレンだ、サイレンだサイレンだ
ぞろぞろぞろぞろ出てくるわ、出てくるわ出てくるわ
月給取の午休み、ぷらりぷらりと手を振つて
あとからあとから出てくるわ、出てくるわ出てくるわ
大きなビルの真ッ黒い、小ッちやな小ッちやな出入口
空はひろびろ薄曇り、薄曇り、埃りも少々立つてゐる
ひよんな眼付で見上げても、眼を落としても……
なんのおのれが桜かな、桜かな桜かな
あゝ十二時のサイレンだ、サイレンだサイレンだ
ぞろぞろぞろぞろ、出てくるわ、出てくるわ出てくるわ
大きいビルの真ッ黒い、小ッちやな小ッちやな出入口

空吹く風にサイレンは、響き響きて消えてゆくかな

上空（おそらく丸ビルの上階あるいは屋上）から地上を見下ろす視線で都市風景を描いているのは、ボードレールの「パリ情景」詩群と同様である。また、空が「ひろびろ薄曇り」というのは、「こその雪今いづこ」の場合と同様に、〈冥府〉めいたこの地上の風景を表している。妙に薄明るい光に包まれた〈冥府〉の情景を今や死者と化した詩人が見下ろし描写しているのである。ここで聞こえてい る正午の「サイレン」は、「空吹く風に（…）響き響きて消えてゆく」のだから、「曇天」の無音が示す隔絶感とははっきり一線を画しているし、またいずれ消えていくという点では「蛙声」の鳴り止まぬ騒音とも一線を画している。要するにこれは、中也詩のさらなる展開を予期させる新たな作品群の始まりなのである。

生と死を直結する詩篇は「正午」だけではない。この後に書かれたと推定される「夏」「夏日静閑」「秋の夜に、湯に浸り」は、いずれも〈死〉を主題としながら、奇妙にあっけらかんとした開放感を漂わせた作品である。「夏」の末尾部分を引用しておこう。

とある朝、僕は死んでゐた。
卓子《テーブル》に載つかつてゐたわづかの品は、
やがて女中によつて瞬く間に片附けられた。
——さつぱりとした。さつぱりとした。

この奇妙な開放感はいったいどこからやって来たのか。〈死〉を〈生〉の一部として受け容れることからだ。詩「言葉なき歌」あたりから漠然と〈生／死〉の境界消失を意識し始めていた中也が、明晰な意志をもって〈死後の生〉を生きる決意を固めた詩のように私には見える。佐々木幹郎はその闊達な中原中也論の末尾にこの四行を引用し、「自分自身を取り扱うのに苦労し続けた一人の男の、仕事納めの掛け声に似ている」⒁と、鮮やかに締め括っているが、中也の正真正銘最期の作品と見られる「秋の夜に、湯に浸り」には触れないで終ってしまった。その詩の終りの二行「さればいつそ、潜《もぐ》つて死にやれ！／それとも汝、熱中事を持て！」という叫びもまた、詩「夏」の末尾とはやや異なった意味で「掛け声に似ている」、いや、掛け声そのものと言ってもいいのだが、実はその叫びの威勢よさとは裏腹に、その末尾には〈反歌〉のような次の「四行詩」が付されていた。

四行詩

おまへはもう静かな部屋に帰るがよい。
煥発する都会の夜々の燈火を後《あと》に、
おまへはもう、郊外の道を辿《たど》るがよい。
そして心の呟きを、ゆつくりと聴くがよい。

「ゆつくりと聴くがよい。」――耳を澄ませば〈あの世〉が聞こえるのである。この穏やかに漂う静かな（だが切実な）抒情こそ、ボードレールが『悪の華』の紆余曲折の果てに逢着した静穏な歌と響き合う、〈脱－憂愁〉詩篇の特質ではないだろうか。ボードレールが『悪の華』第二版以後に発表した晩年の韻文詩に注目してみよう。

瞑想

おとなしくするんだ、私の〈苦悩〉よ、もっと落ち着くんだ。
おまえは〈夕べ〉を求めていた。それが降りてくる。ほら、そこに。
薄暗い大気が街を包むんだ、
ある者には平穏を、ある者には不安をもたらすために。

死すべき者たちの卑しい大群が、
あの無慈悲な刑吏たる〈快楽〉の鞭の下に、
奴隷の宴の中、悔恨を摘み集めに行っている間、
私の〈苦悩〉よ、手を預けたまえ。おいで、ここに、

その群れから離れて。ごらん、過ぎた〈年月〉が傾くのを、
天のバルコニーの上で、古ぼけた衣装を纏うのを、
ごらん、水底から〈後悔〉が浮かび出る、ほほ笑みながら、

瀕死の〈太陽〉が橋のアーチの下に眠りこむのを、
そして、〈東方〉に裾をひく長い屍衣さながら、
お聞き、ねえ、お聞き、優しい〈夜〉が歩く音を。

諸感情の総和たる〈憂鬱《メランコリー》〉を宥め和らげることで冷ややかに覚醒した〈憂愁の詩学《スプリーン》〉をついに確立するまでのプロセスが、この詩には鮮やかに刻まれている。〈憂愁〉を避けることではなく逆にこれに立ち向かうことによってのみ〈憂愁〉からの脱却は成功する。だから〈憂愁の詩学〉の確立はそのまま〈脱－憂愁〉詩篇の確立でもあった。言い換えれば、〈死〉を〈生〉の中に位置付ける〈死者の眼差し〉を獲得することによって初めて〈脱－憂愁〉詩篇は成立した。「優しい〈夜〉が歩く音」とは、〈死〉の気配を察知した人間のみが聞き取ることのできる〈彼岸＝死後〉のポエジーではないだろうか。

中也もまた、晩年ついに自らの〈彼岸＝死後〉の世界を透視する詩を発見した。「ゆつくりと聴くがよい。」──「お聞き、優しい〈夜〉が歩く音を。」交換可能なこれら二つのフレーズは、中也とボードレールが精神の深みでみごとに呼応し合っていることを示している。だが、中也のこれらの作品は、ボードレールと比較した場合、あまりに断片的なものにすぎないことも事実だろう。短すぎた晩年はついに中也に死後の世界を垣間見させる余裕しかもたなかったのだろうか。しかし、遡って昭和十一年にすでに、中也はさらなる新奇を求める方向を模索してもいた。文也の死の直後に発表された「散文詩四篇」には、中也詩の最後の可能性が密かに込められていたのである。

5 「散文詩四篇」の可能性――幻の第三詩集をめぐって

中原中也の散文詩！　およそ意外なとりあわせだろうか。だが、『在りし日の歌』の中にはすでに一篇の散文詩が含まれていた。昭和十一年九月（文也の死の二カ月前）に書かれた作品である。

ゆきてかへらぬ

――京都――

僕は此の世の果てにゐた。陽は温暖に降り洒ぎ、風は花々揺つてゐた。

木橋の、埃りは終日、沈黙し、ポストは終日赫々と、風車を付けた乳母車、いつも街上に停つてゐた。

棲む人達は子供等は、街上に見えず、僕に一人の縁者《みより》なく、風信機《かざみ》の上の空の色、時々見るのが仕事であつた。

（冒頭部分）

「此の世の果て」にいながらにして詩人は、都市の情景をつぶさに観察している。この視線はすでに最晩年の〈死者の眼差し〉を先取りしているようではないだろうか。「空の色」を見るのが仕事だ、というのはきわめて暗示的だろう。決して東洋的な諦念や悟りではない、自己探究の果ての極限的な自意識の形態なのである。先に挙げた数々の空の描写と同じく、詩人は「空の色」に己の魂の似姿を映し出している。そこに何が見えていたのか。

名状しがたい何物かゞ、たえず僕をば促進し、目的もない僕ながら、希望は胸に高鳴つてゐた。

目的もない希望というのは一種の矛盾語法だが、これが中也の生の実感だった。先に述べた逆説的な開放感の表明である。その開放感を示す明るい空がここにも記されている。詩の最終節を見てみよう。

林の中には、世にも不思議な公園があつて、無気味な程にもにこやかな、女や子供、男達散歩してゐて、僕に分らぬ言語を話し、僕に分らぬ感情を、表情してゐた。
さてその空には銀色に、蜘蛛の巣が光り輝いてゐた。

「曇天」その他の詩篇ですでに見てきた空の描写と同様に、「蜘蛛の巣が光り輝」くこの空もまた、詩人の心象風景であることは明らかだろう。不吉な中にも奇妙に明るい空である。ボードレールの詩

「憂愁」で精神の苦渋を暗示していた「蜘蛛の巣」がここでは「銀色に」光り輝き、暗いものと明るいものが奇妙に溶合した〈薄明〉の詩空間を印象付けている。もちろんこの明るさは、過去のイメージにほかならない、と見ることもできるだろう。京都時代を振り返っての回想なのだから、中也がこれを書いた時期の心象風景とは誤差があって当然とする考え方である。だが、もしそうだとしても、そうした〈薄明〉に照らされた過去の情景をこの時期の中也が敢えて作品化したという行為自体の中に、〈脱―憂愁〉の契機が含まれていた、と考えることはできる。そこに自らの「希望」の高鳴りを再発見し体勢を立て直そうとの意志が含まれていたとしても、決して不思議ではない。

ところで、この散文詩で興味深いのは、公園や街の様子がきわめて散文的な（散文詩だから当然とも言えるのだが）細部描写によってリアルに描かれていることである。このような日常的現実の細部にまで筆が及ぶのは、中也がすでに自身の詩の限界領域を察知してより開放的な散文の領域に踏み出しているためではないだろうか。ボードレールの散文詩集『パリの憂愁』にはこうした公園や街の細部描写を特徴とする作品（「道化とヴィーナス」「年老いた大道芸人」「寡婦」等々）が数々あって、晩年の中也が『悪の華』以後のボードレールにも熱心な視線を向けていたのかもしれない。

先に私は『在りし日の歌』の中にすでに標されていた幻の第三詩集への伏線、というような意味において詩「正午」を位置づけておいた。「ゆきてかへらぬ」もまた同様に、『在りし日の歌』以後への重要な布石だったのではないだろうか。そういえば、「正午」の独自性も、ある種の散文性にあったと言える。いちおう行分けの体裁をとってはいるものの、また繰り返しによるリズム構成の鮮やかさにもかかわらず、その視線はきわめて散文的な日常性に向けられているのであり、それ以前の中也の〈歌〉とは明らかに異なる雰囲気を湛えている。「正午」「ゆきてかへらぬ」の二篇は、行分けや連構成など散文詩としては未だ不徹底な要素を含みながら、やがて生成すべき〈幻の〉〈散文詩集〉への布石だった、とは考えられないだろうか。

雑誌「四季」昭和十二年二月号に掲載された「散文詩四篇」――「郵便局」「幻想」「かなしみ」「北沢風景」――が実に興味深く読まれるのは、およそ以上のような文脈においてである。いずれも昭和三－八年頃に初稿が書かれていたと推定される作品だが、[15] それらの旧稿を取り出して手を入れた上で発表したということは、その発表時における〈現在〉の心境、境地を示していることに変りはないだろう。[16] ほかならぬこの時期に「散文詩」を発表している、という事実こそが問題なのだ。これら四篇については、形式の点から見ても内容の点から見ても、すでにどこにも韻律や律動の要素はなく、徹底した散文で書かれた作品であるところに重大な特徴がある。先に挙げた「ゆきてかへらぬ」が散文詩とはいっても未だ韻文の尻尾を多分に引きずっていたのに対して、これら四篇では全くの散文が用いられているのである。そしてそのいずれにも、やはり「空」の描写が含まれているところに、これまで見てきた〈憂愁〉詩篇からの連続性もまた窺われるのである。四篇における「空」の描写を並べてみよう。

私は今日郵便局のやうな、ガランとした所で遊んで来たい。それは今日のお午からが小春日和で、私が今欲してゐるものといつたらみたところ冷たさうな、板の厚い卓子と、シガーだけであるから。

（「郵便局」より）

目が覚めたのは八時であつた。空は晴れ、大地はすつかり旧に復し、野はレモンの色に明《あか》つてゐた。

（「幻想」より）

人笑ひ、人は囁き、人色々に言ふけれど、青い卵か僕の心、何かかはらうすべもなく、朝空よ！汝《なれ》は知る僕の眼《まなこ》の一瞥を。フリュートよ、汝《なれ》は知る、心の悲しみを。

（「かなしみ」より）

僕は出掛けた。僕は酒場にゐた。僕はしたたかに酒をあほつた。翌日は、おかげで空が真空だつた。真空の空に鳥が飛んだ。

扨、悔恨とや……十一月の午後三時、空に揚つた凧ではないか？　扨、昨日《きんのう》の夕べとや、鳴が鳴いてたといふことではないか？

（「北沢風景」より）

いずれの「空」も、すでに「曇天」「蛙声」等に見られた重く暗い空ではない。また、「正午」「その雪今いづこ」等の薄曇りの空でもない。ここにあるのは「小春日和」の空、透き通った朝の空、「真空」の空、晴れた空である。まるで詩人はここで、〈冥府〉を脱けて現実界に帰り着いたオルフェウスのようだ。愛する者を失った悲しみを胸に抱きつつも、光明に溢れた外界を、時には悠然とまた淡々と、時には呆然とまた放心して、日の光の下に、また上空に視線を向けながら、一人の生活者としての毎日を過ごしているように見える。その具体的細部を見てみよう。

すつかり好い気持になつてる中に、日暮は近づくだらうし、ポケットのシガーも尽きよう。局員等の、機械的な表情も段々に薄らぐだらう。彼等の頭の中に各々《めいめい》の家の夕飯仕度の有様が、知らず知らずに湧き出すであらうから。
さあ彼等の他方見《よそみ》が始まる。そこで私は帰らざなるまい。
帰つてから今日の日の疲れを、ジックリと覚えなければならない私は、わが部屋とわが机に対し、わが部屋わが机特有の厭悪をも覚えねばなるまい……。ああ、何か好い方法はないか?――さうだ、手をお医者さんの手のやうにまで、浅い白い洗面器で洗ひ、それからカフスを取換へること！
それから、暖簾《のれん》に夕風のあたるところを胸に浮べながら、食堂に行くとするであらう……

（「郵便局」後半部分）

郵便局員の行動や家庭での団欒の想像等が、具体的な細部描写を伴って活写されている。題名からして萩原朔太郎の散文詩「郵便局」(17)を意識して書かれたと思われる作品だが、ここにもやはりボードレール作品との関連を見ることができる。もちろん、韻文詩集『悪の華』ではなく、散文詩集『パリの憂愁』の方だ。右の引用の前半部を、ボードレールの散文詩「夕べの薄明」の冒頭と比較してみよう。

日が暮れる。一日の労働に疲れた哀れな精神たちの中に、大いなる平穏が生まれる。そして彼らの思念は今や薄明時の淡くおぼろな色彩を帯びる。

日暮れ時の労働者の心に思いを馳せ、平穏な抒情を呼び寄せる姿勢が、両詩篇に共通した要素である。もっとも、ボードレールの散文詩はこの後、不穏で陰惨な場面へと転調していくのだが、最後には再び静穏な認識に転じて作品を締め括っている。中也の散文詩ではそこまでの多様性と構築性は見られないのだが、微妙な心理描写という点ではボードレールの作品に劣ってはいない。「わが部屋わが机」への嫌悪を振り払うために手を洗いカフスを換えようというのは、一見不合理なようで実は理に適った発想であろう。なぜならそれは、きわめて現実的な気分転換のテクニックだからだ。

このように日常的現実的な描写を中心とする散文詩に対して、作品「幻想」は、夢を扱ったユニークな小話《コント》というべき散文詩である。ボードレールで言えば「誘惑」や「気前のいい賭博師」に当たる作品である。中也の「幻想」は特に「夢」であることが断られているわけではないのだが、なにしろ「郊外の駅の前」でアブラハム・リンカン氏（アメリカ合衆国大統領リンカーンのこと）に出会う場面から始まるのである。リンカン氏に出会った「私」はビールを飲み交わすうちに夜が更けてふと気付くと「大地は、此の瓢亭が載つかつてゐる地所だけを残して、すつかり埋没してしまつてゐた。」やむなく一晩をその瓢亭で過ごした翌朝、「空はすつかり晴れ」、爽かな空気の中で「私」は目を覚ます。


コックは、バケツを提げたまま裏口に立つて誰かと何か話してゐた。女給は我々から三米ばかりの所に、片足浮かして我々を見守つてゐた。

「リンカンさん」

「なんですか」

「エヤアメールが揚つてゐます」

「ほんとに」

奇妙に泰然とした明るい雰囲気のうちに唐突に終るこの散文詩には、例えば萩原朔太郎の散文詩「貸家札」「蟲」等の系譜に連なるシュルレアリスム風のナンセンスが潜んでいる。空に揚がった「エヤアメール」（ここではアドバルーンのこと）は必ずしも希望の象徴とは言えないかもしれないが、少なくとも不幸の徴ではない。一見ノンシャランなこの結末は、諸感情の切実さの果てにあらわれる〈非情〉の美を語っているようではないだろうか。

散文詩「かなしみ」は、これとは正反対に、感情の迸りをただひたすら切実な訴えのかたちで語り尽くした〈有情〉の作品と言えよう。後半部を引いてみる。

> 朝の巷や物音は、人の言葉は、真白き時計の文字板に、いたづらにわけの分らぬ条《すじ》を引く。半ば困乱しながらに、瞶《みは》る私の聴官よ、沁みるごと物を覚えて、人竝に物え覚えぬ不安さよ、悲しみばかり藍の色、ほそぼそとながながと朝の野辺空の涯まで、うちつづくこの悲しみの、なつかしくはては不安に、幼な児ばかりといとほしくして、はやいかな生計《なりはひ》の力もあらず此の朝け、祈る祈りは朝空よ、野辺の草露、汝等《なれら》呼ぶ淡《あは》き声のみ、咽喉《のど》もとにかそかに消ゆる。

「幻想」の磊落さからは打って変わって、この上なく直截な悲しみの嘆きがこれでもかこれでもかと繰り出されている。ここには、希望がすでに消滅し救われ得ない「藍の色」の心が、残酷なまでに晴れ渡った「朝空」のカンバスに原色で描かれている。「祈る祈りは朝空よ、野辺の草露、汝等《なれら》呼ぶ淡《あは》き声のみ、咽喉《のど》もとにかそかに消ゆる。」の七五調は、散文詩というにはあまりに定型律に傾きすぎているのだが、この心情吐露の直截さこそが、中也にとって真の〈散文〉調だったのかもしれない。あえて言うなら、七五調による〈散文〉なのである。(18) その背景には、中也が終生求め続けてきた〈歌〉の理想がついに消滅した、という絶望があったのかもしれない。「咽喉《のど》もとにかそかに消ゆる」「淡《あは》き声」とは、〈歌〉の残滓にほかならないだろう。

ところで、このような直截かつ切実な叫びが記された散文詩は、やはりボードレールのいくつかの作品を思わせずにいない。「午前一時に」「マドモワゼル・ビストゥリ」「酔え」等だが、その中から「午前一時に」の末尾を引いてみよう。

私が愛した人々の魂よ、私が歌った人々の魂よ、私を強くしてくれ、私を支えてくれ、この世の虚偽と、腐敗をもたらす悪気《あくき》とを、私から遠ざけてくれ、そして御身、主なる我が神よ！ 私が人間の中の最低の者ではなく、私の軽蔑する人々に劣る者ではないことを私自身に証するような、数行の美しい詩句を生み出せるよう、お恵み下さい！

詩と呼ぶにはあまりに露骨な心からの祈りだが、こうした直截性もまた、韻文では表現できない散文詩固有の要素であることを、最初に示したのがボードレールだった。中原中也もまた、こうした散文詩特有の可能性を（おそらく直感的に）察知し、これを自作に適用したものと思われる。

「郵便局」と「幻想」が〈現実／夢〉のコントラストを描いていたように、「幻想」と「かなしみ」は〈磊落／切実〉というコントラストを描いている。わずか四篇の散文詩の間で、中也は実に様々な試みをしていたことがわかるだろう。最後の「北沢風景」は、今見てきた三篇を統合するかのように、様々な色彩とモチーフを構成した真にポリフォニックな散文詩になっている。全文を引用しよう。

北沢風景

夕べが来ると僕は、台所の入口の敷居の上で、使ひ残りのキャベツを軽く、鉋丁の腹で叩いてみたりするのだつた。

台所の入口からは、北東の空が見られた。まだ昼の明りを残した空は、此処台所から四五丁の彼方に、すすきの叢《むら》があることも思ひ出させはせぬのであつた。

——嘗て思索したといふこと、嘗て人前で元気であつたといふこと、そして今も希望はあり、そして今は台所の入口から空を見てゐるだけだといふこと、車を挽いて百姓はさもジツクリと通るのだし、——着物を着換へて市内へ向けて、出掛けることは臆怯であるし、近くのカフヱーには汚れた卓布と、飾鏡《かざりかゞみ》とボロ蓄音器、要するに腎臓疲弊に資する所のものがあるのであるし、感性過剰の斯の如き夕べには、これから落付いて、研鑽にいそしむことも難いのであるし、隣家の若い妻君は、甘ッたれ声を出すのであるし、……

僕は出掛けた。僕は酒場にゐた。僕はしたたかに酒をあほつた。翌日は、おかげで空が真空だつた。真空の空に鳥が飛んだ。

扨、悔恨とや……十一月の午後三時、空に揚つた凧ではないか？　扨、昨日《きんのふ》の夕べとや、鴫が鳴いてたといふことではないか？

題名からしてボードレールの「パリ情景」詩篇を思わせる作品だが、それ以上に、『パリの憂愁』との近似性を窺わせる散文詩である。まず、日常現実の細部がリアルに描かれていること、次に、空間のとらえ方が立体的かつ複合的であること、そして、内面描写が外部描写と微妙に重ねられていること、それに、列挙によるイメージのたたみかけがリズミカルであること。さらには、身体感覚の鋭敏さ、話の展開の素早さ、最後に、結末部分の鮮やかなイメージと、問いかけによる読者への挑発、といったところが、いずれもボードレールの散文詩に見られる〈対位法〉(19)にぴったりと重なるのである。ただし、ボードレールの場合、そうした諸々の要素が短い一作品の中ですべてそろっている、ということはない。散文詩集の随所に見られる特徴を拾い上げていくと右のような要素が見出される、ということだ。その点、中也の作品の場合、散文詩としての凝縮度が抜群に高い、という特徴を挙げることができる。わずか四篇の散文詩の中で、早くも詩人は〈散文詩のポリフォニー〉をみごとに奏でる術を身に付けてしまっている。これは稀有のことと言わなければならない。

〈歌の詩人〉中原中也は、散文の〈語り〉においてさえ、随所に〈歌〉の要素を導入することで〈散文〉を一挙に〈詩〉へと昇華せしめる方法を確立したかに見える。最後のところで「空に揚つた凧」は、明らかに詩「幻想」の「エヤアメール」のイメージと重なることで、閑雅な午後のくつろぎを表現しつつ、「悔恨とや(…)ではないか?」という問いかけによって切実な心の情景をも重ねて表現している。また、最後の「鳴」の鳴き声は、詩「かなしみ」の末尾の「淡《あは》き声」と重なることによって、切ない心情表現の色彩をも帯びてくる。「空に揚つた凧」すなわち〈希望〉と、「鳴」の声すなわち〈絶望〉が、微妙に交叉してこの作品を終えているのである。この他にも、夕暮の空と朝の空、日常的現実描写と幻想的夢想描写、元気な過去と疲弊した現在、というように、いくつものコントラストを描きながら全体として一つの旋律を奏でるようなイメージの音楽が、この散文詩の何よりの特徴と言えるだろう。とりわけ印象的なのは、結末近くに置かれた次のような急展開の一節ではないだろうか。

僕は出掛けた。僕は酒場にゐた。僕はしたたかに酒をあほつた。翌日は、おかげで空が真空だつた。真空の空に鳥が飛んだ。

出掛けて、酒場に行って、飲んで、日が変わって、空が真空になって、鳥が飛んで…というだけの描写だが、それぞれのセンテンスごとにみごとに沈黙した中也の歌が感じられるのは、決して単なる錯覚ではないだろう。「おかげで」とはいったいなにか？「空が真空」とはどういう状態なのか？その真空の空に飛ぶ鳥とは？

いくつもの疑問符を残しながら、中也の〈語り〉はついに散文的細部を埋めることはなく、あくまでも〈歌＝詩〉の領域に止まることによって〈幻の散文詩集〉を未然の状態に置去りにしたのである。

＊

詩集『在りし日の歌』には、『山羊の歌』にはなかった「後記」が付されていて、中也の最後のメッセージとしてしばしば引用されてきた。中也晩年の作品を辿ってきた本稿もまた、その「後記」の一節を紹介することで結末としたい。

私は今、此の詩集の原稿を纏め、友人小林秀雄に托し、東京十三年間の生活に別れて、郷里に引籠るのである。別に新しい計画があるのでもないが、いよいよ詩生活に沈潜しようと思つてゐる。

扨、此の後どうなることか……それを思へば茫洋とする。

さらば東京！　おゝわが青春！


こうして托された原稿は、しかし、生前刊行されることなく、「郷里に引籠る」ことさえ果さずに、中也は世を去ってしまった。「青春詩人」としての中也像を決定付けることになる「さらば東京！おゝわが青春！」というメッセージを遺して、三十年の生涯を閉じたのである。だが、中也自身は、これが最後のメッセージになるとはもちろん思っていなかった。言うまでもなく、これは青春への惜別であって、人生への惜別ではない。三十歳で死んだ中也は二十歳で詩を捨てたランボーとは違うのだ。さらに詩人としての成熟を遂げるべく「郷里に引籠る」ことで体勢を立て直そうとしていたのである。「いよいよ詩生活に沈潜しようと思つてゐる」という宣言にこそ、中也自身の意志が明確に込められていた。その「詩生活」の中には、あるいは『悪の華』全訳という〈仕事〉も含まれてはいなかっただろうか。まるで〈冥府〉のような〈あるいはランボーに倣って〈地獄〉のような、と言ってもいい）一季節を経た後に、さらに意識的な詩人たるべく静かに次の詩境を探っていた、あるいはすでにその契機はつかみかけていた、その矢先に病に倒れたのである。「詩生活に沈潜」する決意を記したその時、中也の脳裏には、ランボー型の短距離走者を卒業してボードレール型の（長距離とは言わないまでも）中距離走者として再出発しようとの計画が温められていたにちがいない。芸術詩篇から憂愁詩篇を経てパリ情景詩篇へ、さらには散文詩篇へと生成と展開を重ねていったボードレール的変容こそが、中原中也にとってもまた、〈抒情の宿命〉だったのであり、晩年の中也が半ばまで辿った、そしてなお辿り続けるはずであった、詩人としての成熟の道でもあったのだ。ボードレール晩年の詩学にこそ、中原中也の詩の行方はかかっていたはずなのである。

補論　音楽的化合——ヴェルレーヌ

中原中也が翻訳したヴェルレーヌ詩はわずか四篇と少なく、質量ともにランボー翻訳と比べるべくもない。それでも中也訳ヴェルレーヌが重要視されるのは、ほかでもない中也自身の作品がヴェルレーヌ作品と深部で共鳴し合っているからだ。その深部を一言で述べるなら「詩の音楽性」ということになる。もう一つ挙げるなら宗教性[20]ということだろう。だが、ヴェルレーヌの宗教詩といえばほとんど『叡智 Sagesse』[21]一冊に限られる。これに対し、音楽はヴェルレーヌの全作品に通底している。実際、中也が翻訳したヴェルレーヌ詩はいずれも音楽性において特徴の明らかな作品であり、特に宗教的性質の目立つものではない。

中也訳のヴェルレーヌ詩については、最近『新編中原中也全集』(角川書店、以下『新全集』と記す)第二巻(二〇〇一年)の出版を機に行われたシンポジウムでの発言内容(ヴェルレーヌと中也における「詩の音楽」の考察)が公表されているので[22]ここでは繰り返さない。本稿では、中也自身の詩作品に見られる「ヴェルレーヌ的なもの」について若干の考察を試みることにする。

『新全集』の各巻に付された「解題篇」は、中也作品と同時代詩人および先行詩人との関わりを綿密にたどった資料だ。その第一巻(生前発表作品を収録)「解題篇」には、全部で十五篇の中也作品について二十篇のヴェルレーヌ作品が言及されている。[23] 内訳は『山羊の歌』から九篇、『在りし日の歌』から六篇。中也がその詩歴のほとんど全期間にわたってヴェルレーヌを意識し続けていたことが窺われる。『土星びとの詩』から『叡智』まで、ヴェルレーヌのほぼ前半生の詩集に集中しているが、これは当時も現在もヴェルレーヌ評価の標準だろう。それより面白いのは、問題の『叡智』の影響が『山羊の歌』に限られている（らしい）ことと、『在りし日の歌』への影響が主に『みやびな宴』と『言葉なき恋歌』に多く見られること。これはヴェルレーヌのクロノロジーとちょうど逆だ。十八世紀宮廷文化への憧れを背景にした『みやびな宴』と音楽への憧憬を主調とする『言葉なき恋歌』が、ヴェルレーヌ青年期の代表作であったのに対し、中也はその「みやび」と「音楽」を晩年の詩作の基盤にした。反対に、中年期の挫折後に訪れた宗教的改心をテーマにした『叡智』は、中也の青春期の詩作に影響を与えたものの、晩年の詩作にまでは届かなかった。これはどういうことか。中也にとって、ヴェルレーヌの思想が一過性のものであったのに対し、その感覚は全領域に及んでいた、ということだ。ではその感覚とは何か。言うまでもなく音楽である。まず『山羊の歌』から端的な例を挙げてみよう。

あゝ　おまへはなにをして来たのだと……
吹き来る風が私に云ふ

（『山羊の歌』より「帰郷」末尾部分）

――どうしたのだ？　お前は又
涙ばかり流してゐて？

さあ、一体どうしたのだ、
　お前の青春は？

（『叡智』より「空は屋根の彼方で…」末尾部分、河上訳）

中也の詩碑[24]に刻まれていることでも有名な「おまへはなにをして来たのだ」のフレーズは、ヴェルレーヌ詩の引用一行目「Qu'as-tu fait（どうしたのだ）」の直訳と言っていい。おそらく原文でヴェルレーヌを読んだ中也が、無為に終わった自身の青春への悔い（「一体どうしたのだ、／お前の青春は？」）をこめた呟きである。ヴェルレーヌが獄中で書いたこの詩を、中也はいわば全身で享受し、無為の青春への挽歌に結晶させた。同様に、『山羊の歌』中の詩「木蔭」もまた、「怨みもなく喪心したやうに／空を見上げる私の眼《まなこ》」に映る「夏の昼の青々した木蔭」が「私の後悔を宥めてくれる」と、ヴェルレーヌ流の後悔と改心を歌い、詩「失せし希望」でも「暗き空へと消え行きぬ／わが若き日を燃えし希望は[25]」と、やはりヴェルレーヌ風の感傷が歌われている。他にも同様の「ヴェルレーヌ調」は『山羊の歌』の随所に散在している。総じてこれらの用例は、失われた青春への愛惜と後悔に溢れた詠嘆調を奏でていると言っていい。ランボーとの共生に破れて家庭を失い牢獄に繋がれた孤独な詩人の「改心」に、中也が全身で共鳴しているのである。

『山羊の歌』に遍在する失った青春への愛惜は、未だ青春末期を生きているからこそ味苦くも甘美な主題であり得た。これに対して、同じヴェルレーヌからのこだまとは言っても、詩集『在りし日の歌』になるとかなり事情は異なってくる。『叡智』からの影響はあまり見られなくなり（ということはある種の感傷性が希薄になり）代わって、より沈潜した落魄者のストイシズムが目立つようになるのだ。詩集『みやびな宴』から借用した「薄命さうなピエロ」（詩「幻影」）や「チルシスとアマント」（詩

「月の光」）等も失われた過去への憧憬を示す音楽的モチーフと言えるのだが、それ以上に中也が魅かれたのは、『言葉なき恋歌』という詩集表題に象徴される、あわい気配のようなものとしての音楽だった。

雨は　今宵も　昔　ながらに、
　昔　ながらの　唄を　うたつてる。
だらだら　だらだら　しつこい　程だ。
　と、見る　ヱル氏の　あの図体《づうたい》が、
倉庫の　間の　路次を　ゆくのだ。

（「夜更の雨」冒頭部分）

「ヴェルレーヌの面影」とサブタイトルを付けられたこの詩が、青年期をとうに過ぎた落魄者のイメージを描いていることは明らかだ。晩年のヴェルレーヌの姿になぜか魅かれて、詩人は跡をつけていく。ここに描かれているのは、『叡智』までの代表作をすでに書き終えて売文稼業に身を沈めパリの場末を彷徨するヴェルレーヌの後ろ姿だ。この後ろ姿について最近、佐々木幹郎が面白い指摘をしている。[26]中也の部屋にカリエール作のヴェルレーヌ像が飾ってあった、というのは大岡昇平や河上徹太郎の証言だが、佐々木氏はアーサー・シモンズ著・岩野泡鳴訳『表象派の文学運動』（一九一三年）に掲載されたヴェルレーヌの後ろ姿に注目する。「お釜帽子を被って肩にマフラーをし、長いコートを羽織り、ステッキをついて歩いていく、後ろ向きのヴェルレーヌ像が印刷されている」と佐々木氏が書くカザルス作の肖像である。

お釜帽子を被って町を歩くことを仕事のように心得ていた中原は、この後ろ向きのヴェルレーヌの、お釜帽子姿を真似ていたのではないかと思いあたった。

という佐々木氏の指摘は面白い。大岡や河上が見たというカリエールのヴェルレーヌ像がほぼ正面からの肖像画であるのに対して、カザルスのそれは「後ろ姿」のカリカチュアである。つまり、詩「夜更の雨」に描かれるヴェルレーヌの「後ろ姿」そのものである。中也はヴェルレーヌの「後ろ姿」を、いわば音楽の影を追うようにして追跡する。
「昔　ながらの　唄を」うたう「雨」というのは詩集『言葉なき恋歌』中の「私の心に涙降る／巷に雨が降るように」に始まる詩を思わせるし、七音五音を中心とする口語定型律の小唄《シャンソン》調はヴェルレーヌ風でもあり、特に晩年の中也が得意にしたスタイルでもある。「夜更の雨」の続きは、

倉庫の　間にや　護謨合羽《かつぱ》の　反射《ひかり》だ。
　それから　泥炭の　しみたれた　巫戯けだ。
さてこの　路次を　抜けさへ　したらば、
　抜けさへ　したらと　ほのかな　のぞみだ……
いやはや　のぞみにや　相違も　あるまい？

となっていて、「ヱル氏」に同一化して「路次」を辿っていく詩人の心象が描かれる。路次を抜けさ

えしたら……何が待っているというのか。一軒の安酒場である。

自動車　なんぞに　用事は　ないぞ、
　あかるい　外燈《ひ》なぞは　なほの　ことだ。
酒場の　軒燈《あかり》の　腐つた　眼玉よ、
　　遐くの　方では　舎密《せいみ》も　鳴つてる
（末尾部分）

一杯の安酒を求めて街を彷徨するうらぶれた詩人晩年の姿だ。だが、それでも人は生き続けることができる。ノンシャランと言えば言えるし、タフと言えばそうとも言える、人生に病み疲れた果ての磊落なストイシズム(27)が晩年のヴェルレーヌの真骨頂だ。そしてここに（影のようになって）流れ続けている雨の唄こそが中也＝ヴェルレーヌの音楽の原基だ。リズムやメロディのことではない。魂の奥底に流れ続ける通奏低音のような音楽のことだ。その音楽に導かれ、詩人は一軒の酒場に逢着する。このとき中也は、いわば晩年のヴェルレーヌに化合している。「遐《とお》く」で鳴る「舎密《せいみ》(28)」とは二人の詩人の音楽的化合の喩なのである。

詩「言葉なき歌」もまた、中也がヴェルレーヌ（の音楽）に化合した結果生れた作品だ。

あれはとほいい処にあるのだけれど
おれは此処で待つてゐなくてはならない
此処は空気もかすかで蒼く

葱の根のやうに仄かに淡《あは》い　（冒頭部分）

「あれ」を憧憬や希望の名辞ととるのではなく、詩「幻影」のピエロや詩「曇天」の黒旗等のイメージ系列に連なる〈死〉の表象ととる読みは、すでに本論で提出した。昭和十年十一月二十一日付の日記に「ところで必至のことは、忘念してゐられ易いのだ。それは恰も死があんなに恐れられてゐ乍ら、あんなに忘れてゐられるのに似てゐるかも知れぬ。」とあるように、人が恐れながらも忘れがちな〈死〉の実体を、中也は、曇天に翻る黒旗や、脳髄の中に棲むピエロ（「幻影」）や、木陰にうずくまる死児（「月の光　その一」）のイメージで捕らえようとした。いずれも極めてヴェルレーヌ的と呼ぶべきあわい「音楽」によって、である。詩「言葉なき歌」末尾で遠くの空にいつまでもたなびき続ける「煙突の煙」なども、〈死〉の表象の一つだろう。それは幼くして死んだ弟と若くして死んだもう一人の弟の火葬の記憶なのかもしれない。その遠い記憶のような音楽的イメージは、この作品からわずか一カ月後、愛息文也の死という現実によってさらに憂愁の色を濃くせざるを得なかった。

　さて、文也を亡くした後の中也はどのような音楽を詩に求めて行ったのか。それはもはやヴェルレーヌとの化合の領域ではない。最晩年の中也は、詩と音楽の関係をさらに一歩進めて、純然たるイメージの領域へと侵出せざるを得なかった。そこに繰り広げられるのがボードレール詩との葛藤だ。この先の展開についてはすでに論じた。「曇天」から「蛙声」「正午」を経て「秋の夜に、湯に浸り」（未刊詩篇）に到る、散文詩四篇を含むイメージの音楽への道筋である。

注

（1）菅谷規矩雄「空のむこうがわ」（長野隆編『中原中也――魂とリズム』有精堂、一九九二年、所収）

（2）木村幸雄「朔太郎・中也における〈空〉と〈天〉」（「福島大学教育学部論集（人文科学）」三十六号、一九八四年）注（1）の文献所収、に拠る。なお、木村氏はこの「黒旗」を「〈死〉と深く結びつき、その象徴となっている」とし、さらに「中也の場合（…）〈死〉は〈空〉と結びついている」と、示唆的な指摘をしている。また、饗庭孝男は、「それは彼の少年時代から、この彼が詩を書いている時を通じて、さらに、未来にまで、つらぬいている、「死」の象徴である。いまも渝らぬ、かの黒旗は、幻像として彼をはなさなかった「死」であった。」（「中原中也論――実存と夢の痛き織物」、『神なき詩の神学――抒情のイメージと実存』青土社、一九七二年、所収）と、明確に「黒旗」を「「死」の象徴」と位置づけている。私の「黒旗」解釈はほぼこの延長線上にある。

（3）近藤晴彦『中原中也――遠いものを求めて』沖積舎、一九八三年。

（4）高橋英夫「詩集『在りし日の歌』」「在りし日の歌」――『中原中也の詩集を解析する』「國文學」一九八三年四月号。

（5）樋口覚『中原中也――いのちの声』講談社選書、一九九六年。

（6）中原豊「閉ざされた空――中原中也の「蛙声」をめぐって（上）」（「山口国文」十号、一九八七年）注（1）の文献所収。

（7）小野十三郎『現代詩手帖』創元社、一九五三年。同『現代詩入門』創元社、一九五五年。小野十三郎の中原中也への言及については、山田兼士「小野十三郎詩論ノート（5）歌と逆に歌に」（「樹林」二〇〇一年秋号、『小野十三郎論――詩と詩論の対話』砂子屋書房、二〇〇四年、所収）参照。なお、詩「北の海」への小野の言及について、イヴ＝マリ・アリューは、これを中也によるボードレール「人と海」鑑賞文

（昭和十年発表）と重ねることによって、「ボードレールにとっては――小野十三郎にとっても、そしておそらく中也にとっても同じことなのでしょうが――意識とはここでは批評精神あるいはすくなくとも社会にたいする個人の主張を意味するのです」と、興味深い指摘をしている（「中原中也とフランス文学――意識から慈愛へ」、「中原中也研究」創刊号、一九九六年、所収の講演録）。アリュー氏の論点は、中也がボードレールのこの詩を「意識的」と評していることに注目したものである。詩においてより「意識的」であろうと（おそらく）していた晩年の中也が、ボードレールに傾斜していった過程を想像させるという点において、これは示唆的な指摘だと思う。

（8）山田兼士『ボードレール《パリの憂愁》論』砂子屋書房、一九九一年。なお、ボードレールに関する私見については注に挙げる以外にも概ね本書による。

（9）佐々木幹郎『中原中也』筑摩書房、一九八八年。なお、詩「言葉なき歌」の「あれ」については「絶対の矛盾を超越した《無私の境》」（北川透『中原中也わが展開』国文社、一九七七年）という評に代表されるポジティヴな解釈も一方にはあり、中也詩の多義性を示している。私の〈解釈〉はこうした読みの多様性を積極的に認めるものであり、決して排除するのではない。中村稔の「（…）抽象的な性格に、この詩の特色があり、多様な理解を許しながらもしかも読者の感性に訴える、抽象性の美しさというものが、この詩の鑑賞の中心になるだろう」（『言葉なき歌――中原中也論』角川書店、一九七三年）という発言を私は全面的に支持している。本稿では、そうした「多様な理解」の一つをできるだけ一貫した相の下に示したいと考えている。

（10）注（6）と同じ。

（11）注（8）と同じ。

（12）中原豊「乾いた柱、持続する音――中原中也「蛙声」をめぐって（下）」（「国語と教育」十三号、長

崎大学国語国文学会、一九八八年）

(13) 同右。また、詩「蛙声」を含む「永訣の秋」の章の四詩篇（他は「一つのメルヘン」「言葉なき歌」「春日狂想」）について、原子朗は「詩人は生の此岸をとおりぬけて、死の彼岸に立っている」と論じている（「詩集『在りし日の歌』」「永訣の秋」――『中原中也の詩集を解析する』「國文學」一九八三年四月号）。「蛙声」の終末的イメージを意味付ける重要な指摘だが、私にはさらにその先――死後の生――の展開が中也詩にはあるように思われてならない。

(14) 注（9）と同じ。また、宇佐美斉は、この作品を詩「骨」と対比させ、両作品が「中也晩年の死生観」を示す「表裏一体の関係にある」とした上で、「上下ふたつの支点を中心軸にして、くるりくるりと向きをかえる手鏡のように、生から見た死、死から見た生を、自在に垣間見させてくれる」（「未刊詩篇」――『中原中也の詩集を解析する』「國文學」一九八三年四月号）と、興味深い指摘をしている。

(15) 『新全集』一巻の「解題篇」による。

(16) この点は、ボードレールが青年期の旧稿に手を入れて発表した詩「風景」等にも言えることで、初稿と決定稿の時期のずれに注意を払いつつもやはり「新作」として扱うべきだと私は考える。

(17) 「若草」（昭和四年三月）に初出、後に詩集『宿命』（昭和十四年）に収録。

(18) 菅谷規矩雄「中原中也の七五調」（『近代詩十章』大和書房、一九八二年）の中に「中原中也にとってはほかならぬ七五調こそが、言文一致の口語体そのものなのだった。中原は七五調で〈歌った〉というよりは〈しゃべった〉のである」（傍点菅谷）というおもしろい指摘がある。中也の「散文性」について示唆的な指摘だろう。

(19) 注（8）と同じ。

(20) 河上徹太郎は『わが中原中也』（昭和出版、一九七四年）所収の「中也とヴェルレーヌ」（一九六一年初出）の中で、ヴェルレーヌが「カトリック的」であるのに対して中也は「ストイック」である、と区別しながらも、「祈りと恩寵」を絶対視する態度に「宗教詩人」としての共通性を認めている。今日ほぼ定説となっている河上論考に異議を唱える気はないが、少なくとも疑義くらいは提出しておきたい。

(21)「知恵」「英知」などとも訳されるがここでは河上訳に倣って「叡智」とする。引用は新潮文庫版『叡智』（一九五九年）に拠る。

(22) 宇佐美斉・鈴村和成・佐々木幹郎・山田兼士「中原中也とランボー、ヴェルレーヌ」（「中原中也研究」七号、二〇〇二年）

(23) 同二巻収録の「未刊詩篇」の中にも、例えば菅野昭正が「ある詩篇の余白に――中原中也とヴェルレーヌ」（「國文學」一九八三年四月号）で論じた中也作品「夏は青い空に…」とヴェルレーヌの「空は屋根の彼方で…」（『叡智』）の関係のように密接かつ重要なものがあるが、ここでは紙幅の都合上、生前発表作品のみを扱うことにする。

(24) 山口市湯田温泉の井上公園にある詩碑。

(25) この詩にはヴェルレーヌの詩集『みやびな宴』中の詩「かなしき対話」の一節「――その日頃、空いかに青かりし、行く末の望ゆゆしく。／――望とや？　今はむなしく暗き空へと消えて無し！」（堀口大學訳）との関連が指摘されている。（『新全集』一巻「解題篇」一二六頁）

(26)「ヴェルレーヌ像と中也」（「新潮」一九九九年十月号）

(27) 小山俊輔は、「ランボーの未来はヴェルレーヌにあった」というアーサー・シモンズの言葉を「詩の敗北を認めたうえでいかに歌い続けるかという難問への答えではなかったか」とした上で、中也にとってヴェルレーヌが「歌い続けることをやめなかった詩人の鑑」だった、と書いている。小山氏が指摘するヴェルレーヌの「タフさ」の両義性は一考に値するだろう（「夜更の雨――中原中也とヴェルレーヌ」、「中原中也研究」三号、一九九八年）。

（28）「舎密《せいみ》」とは、オランダ語の「chemie」の音訳で「化学」の旧称。上田敏訳によるラフォルグの詩「お月様のなげきぶし」に「宇宙の舎密が鳴るのでせう」の用例がある（『新全集』一巻「解題篇」）。「同音を借りて蟬の意か」（飛高隆夫「中也詩語辞典」、「國文學」一九八三年四月号）、「神の現れとしての有機的かつ無機的な現象」（小山俊輔、注（27）の文献）等諸説がある。私見では、ヴェルレーヌ『叡智』三章第一三篇の一節「忽ち鐘の音の波、／笛の如、渦巻き上り」（河上訳）に見られるように、距離を隔てて「鐘の音」が「笛」のように聞こえる（さらには波や渦と化す）現象の意を読み取りたい。空気や風や雨によって音楽的化合（＝舎密）が生じる、と。パリのヴェルレーヌにとっては鐘の音、東京の中也にとっては遠くの化学（舎密）工場から聞こえるサイレンか何かの音かもしれない。

〔付記〕中原中也のテクストは角川書店版『新編中原中也全集』第一－三巻（二〇〇〇－二〇〇一年）および角川書店旧版『中原中也全集』第四巻（一九六八年）を用いた。また、ボードレールのテクストはプレイヤッド版『全集』（Baudelaire: *Œuvres complètes*, Bibliothèque de la Pléiade, Gallimard, 2 vols., 1975－76）および『書簡集』Baudelaire: *Correspondance*, Bibliothèque de la Pléiade, Gallimard, 2 vols., 1973）を用い、引用はすべて拙訳によったが、阿部良雄訳『ボードレール全集』（筑摩書房、全六巻、一九八三－九三年）をその都度参照した。

あとがき

なぜか昔から詩人の晩年に興味がある。ボードレールなら『悪の華』より『パリの憂愁』、萩原朔太郎は『月に吠える』より『宿命』、中原中也は『山羊の歌』より『在りし日の歌』、といった具合。先般刊行した『小野十三郎論』（砂子屋書房、二〇〇四年）の執筆中にも、小野の最後の詩集『冥王星で』（出版時八十九歳！）に、つい陶然としてしまった。

必ずしも年齢の故ではない。ロートレアモンの晩年の作品（『マルドロールの歌』第六歌）は二十代前半だし、中原中也の晩年は二十代後半だから、成熟や老練に魅かれるというわけでもない。未知が未知のまま残されていることの魅力、と言えばいいだろうか。初期作品に秘められた謎は、その後の作品（を読むこと）で徐々に明かされて行くものだが、晩年の作品では謎はついに謎のまま残されてしまうことが多い。謎解きが楽しいわけではない。多様な解釈を宿命とする詩作品が、ついに多様な可能性を孕んだまま、本質をあらわに遺しているのが晩年の詩なのだ。詩の魅力は晩年に凝縮して表れる。朔太郎、賢治、中也という近代詩を代表する詩人の「晩年」に焦点を絞った所以である。

本書の構成についてひと言。萩原朔太郎の詩集『宿命』については、かなり以前に共著（長野隆編『萩原朔太郎の世界』砂子屋書房）として出版した論考があるが、その全三章のうち第三章のみを本書巻頭に再録して第一章とし、その後書いた小論を併せて第一部とした。第二部では、宮沢賢治の『注文の多い料理店』と「少年小説」四作品にやはり晩年の代表作「セロ弾きのゴーシュ」を併せて論じている。詩ではなく童話を扱っているが、ある意味で「詩」以上に「詩的」な賢治童話を「詩として」読む試みである。第三部は、比較的最近書いた中原中也論。主にボードレール、ヴェルレーヌとの比較から晩年の作品群に新しい視点を提出している。特に、晩年の中也が「ランボー型」の短距離走者から「ボードレール型」の中距離走者へと変容しようとした、という観点はこれまでなかったもの。以上の三部構成を取った結果、近代詩人の晩年から現代詩へと流れ込んで行く「抒情の宿命」を描き出す、という全体のプロットがまとまった。したがってこの本は、ボードレールから始まる現代詩、という私個人の詩史論的考察の中での日本詩サイクルの出発点に位置づけられることになる（もう一つは言うまでもなくフランス詩サイクル）。これに続くのが一昨年上梓した『小野十三郎論』であり現在休止状態の「福永武彦論」であり、また現在進行中の「谷川俊太郎論」である、と付記しておこう。

各章ごとの初出時の題名と掲載誌を記しておく。

Ⅰ

1　萩原朔太郎・詩の〈宿命〉――（3）詩の逆説あるいは小説の夢（「詩論」十号、一九八六年十二月。『萩原朔太郎の世界』に収録）

2　萩原朔太郎「蟲」を読む（「ORGATE」三号、一九九三年二月）

3　萩原朔太郎の一行詩――鏡のうしろにあるもの（「樹林」一九九九年一・二月号）

Ⅱ

1、3〜5　宮沢賢治論序説――童話の詩学（「詩論」七号、一九八五年六月）

2　ベンネンブドリの肖像――未然の父性をめぐる一考察（「宮沢賢治」八号、一九八八年十一月）

6　〔前半〕「セロ弾きのゴーシュ」他者としてのゴーシュ、あるいは虚構の生成（「宮沢賢治」六号、一九八六年十一月）／〔後半〕「セロ弾きのゴーシュ」再説――他者性の詩学をめぐって（「宮沢賢治」十三号、

一九九五年七月）

Ⅲ

序論、1～5　中原中也の憂愁詩篇――ボードレール詩学からの反照（「河南論集」七号、二〇〇二年三月）

補論　中也とフランス詩　ヴェルレーヌ――音楽的化合について（「國文學」二〇〇三年十一月号）

最も古い宮沢賢治論は二十年ほど前、新しい中原中也論は近年のもので、そのために内容の上でも文体の上でも章ごとにかなりの相違が見られることと思う。本書に収録するにあたって大幅な書き直しも考えたが、その時々の思考法や問題意識にはそれなりの一貫性があり、また、書いた時点での勢いのようなものも捨て難く、結局、最小限の加筆修整に止めることにした。若書きゆえの未熟さを敢えて残すことで私自身の詩論生成の過程をも公表することになるわけだが、この選択には、この二十年ほどの私自身の詩論の歩みが、様様に紆余曲折を経ながらも、それなりの一貫性を保ってきたことへの、ささやかな自負も込められている。

一度は本にすることを諦めかけていた古い論考を新しいものと併せて一冊にするという構想は、三十年来の畏友だった長野隆の急逝（二〇〇〇年八月三十一日）がきっかけだった。雑誌「詩論」（一九七九－九四年）の刊行を十五号にわたって共にした長野は、フランス文学専攻の私を「フランス文学者であることはおまえの宿命ではない」などと強引な論法で日本文学研究に誘った張本人である。長野が斯界に投じた日本近現代詩再評価の意志を自分なりの方法で展開したくなった、というのが本書成立の具体的な要因である。『長野隆著作集』（全三巻、和泉書院、二〇〇二年）の「あとがき」にも書いたことだが、長野自身が「生体実験」と呼び「命懸けの文学営為」と自負したほどの真摯な研究態度に賛嘆し時には危惧しつつ、様々に影響を受けた青春期がなければ、この本の存在もあり得なかった。まず、天国にいる長野隆に本書を献呈する次第である。

長野の生前唯一の詩論集である『抒情の方法』を刊行された小田久郎氏の思潮社から本書を刊行できたこ

とは望外の歓びである。また、編集の実務のみでなく、このような経緯のある本書を世に送るにあたって様様な助言をして下さった高木真史氏にも深く感謝している。また、本書刊行の契機をつくって下さった北川透氏や、他にも多くの方のご尽力に厚く御礼申し上げる。

なお、本書は大阪芸術大学芸術研究所の審査を経て、学校法人塚本学院出版助成第四七号として出版された。

二〇〇六年四月十日

山田兼士

山田兼士（やまだ・けんじ）
一九五三年岐阜県大垣市生まれ。関西学院大学大学院博士課程後期過程満期退学。大阪芸術大学教授。フランス文学者、詩論家。
著書に『ボードレールの詩学』『小野十三郎論——詩と詩論の対話』『ボードレール《パリの憂愁》論』、共著・編著に『谷川俊太郎《詩の半世紀》を読む』『谷川俊太郎《詩》を読む』『谷川俊太郎《詩》を語る』『萩原朔太郎の世界』など、訳書に『ボードレールと「パリの憂愁」』（ヒドルストン著）、『対訳フランス歌曲詩集』（編訳著）などがある。

抒情《じょじょう》の宿命《しゅくめい》・詩《し》の行方《ゆくえ》——朔太郎《さくたろう》・賢治《けんじ》・中也《ちゅうや》

著者
山田《やまだ》兼士《けんじ》

発行者
小田啓之

発行所
株式会社思潮社
〒一六二―〇八四二　東京都新宿区市谷砂土原町三―十五
電話〇三（三二六七）八一五三（営業）・八一四一（編集）
FAX〇三（三二六七）八一四二　振替〇〇一八〇―八一二一

印刷所
オリジン印刷

製本所
小高製本工業株式会社

発行日
二〇〇六年八月三十一日